빨간 장화

赤い長靴
빨간 장화
Copyright © 2005 by Kaori EKUNI
First published in Japan in 2005 under the title "Akai Nagagutsu"
by Bungei Shunju Ltd.
Korean translation rights arranged with Kaori EKUNI
through Japan Foreign-Rights Centre & Imprima Korea Agency

이 책의 한국어판 저작권은 Japan Foreign-Rights Centre & Imprima Korea Agency를 통한 Kaori EKUNI와의 독점 계약으로 (주)태일소담에 있습니다. 저작권법에 의해 한국 내에서 보호를 받는 저작물이므로 무단전재와 무단복제를 금합니다.

빨간 장화

펴낸날 | 2010년 3월 25일 초판 1쇄
        2010년 4월 23일 초판 4쇄

지은이 | 에쿠니 가오리
옮긴이 | 신유희
펴낸이 | 이태권
펴낸곳 | (주)태일소담
        서울시 성북구 성북동 178-2 (우)136-020
        전화 | 745-8566~7 팩스 | 747-3238
        e-mail | sodam@dreamsodam.co.kr
        등록번호 | 제2-42호(1979년 11월 14일)
        홈페이지 | www.dreamsodam.co.kr

ISBN 978-89-7381-577-7 03830

● 책 가격은 뒤표지에 있습니다.
● 잘못된 책은 구입하신 곳에서 교환해드립니다.

빨간 장화

에쿠니 가오리 지음
신유희 옮김

소담출판사

차 례

도호쿠 신칸센 7 | 군것질 21 | 실버카 28 | 여행 44

스티커 61 | 막(膜) 78 | 담배 94 | 테니스 코트 112

결혼식 130 | 상자 147 | 밤 163 | 골프와 유원지 180

족쇄 196 | 곰과 모차르트 214 | 역자 후기 229

도호쿠 신칸센

도호쿠 신칸센은 어쩜 이리도 쓸쓸한 풍정이 감도는지.

도쿄 역 플랫폼에 선 히와코는 부드러운 울코트 깃을 여몄다. 발치에 내려놓은 종이 가방 안에는 시어머니가 좋아하는 마카롱이 들어 있다. 옅은 노랑에다 핑크빛이 도는 장난감 같은 구운 과자다.

도쿄에는 그리 맛난 것은 없지만.

시어머니는 늘 그렇게 말한다. 도쿄에는 그리 맛난 것은 없지만, 그래도 히와코가 골라온 건 그런대로 맛있구나.

물론 그런 말투가 히와코는 마음에 들지 않았으나, 그렇더라도 애써 자신을 칭찬하려는 상대의 마음만은 헤아릴 수 있었다.

바람이 차다. 밤의 플랫폼은 형광등 아래에서 무척이나 밝다.

평소 같으면 옆에 쇼조가 서 있을 것이다. 선 채로 주간지를 읽으리라. 전신주 같은 사람이다. 히와코는 곧잘 그런 생각을 한다. 처음 만났을 때부터 그런 생각이 들었다. 오늘은 그 전신주가 없다.

쇼조와 결혼한 지 10년이 된다. 하지만 히와코는 10년이라는 세월이 어쩐지 실감 나지 않는다. 신혼은 아니지만 안정된 부부로 느껴지지도 않는다. 그저 둥둥 떠 있다. 의지할 곳 없이 둥둥 떠다니는 느낌. 아이가 없는 탓인지도 모른다.

밤에 혼자 외출하는 건 오랜만이었다. 히와코는 위를 올려다보며 조그맣게 숨을 들이마신다. 냉기에 코끝이 아렸다. 보름에서 닷새 정도 모자란 불룩한 반달이 보였다.

불안이라니 당치도 않아.

히와코는 마음속으로 비웃었다. 내년이면 마흔이 되는 여자가.

열차 안은 난방이 되고 있었다. 히와코는 코트를 벗어 벽걸이에 걸었다.

좌석은 반도 차지 않았다. 게다가 히와코가 탄 기차 칸은 동행이 없는 승객들뿐이었다. 기타처럼 생긴 악기를 안은 젊은 남자라든지, 꾀죄죄하니 낡아 빠진 점퍼 차림에 양손에는 작은 술병을 든 초로의 사내라든지. 저마다 좌석을 찾아 앉거나 선반에 소

지품을 얹느라 부산스러운 소리만 날 뿐, 목소리라 할 만한 것은 들리지 않는다.

이 열차는 역시 쓸쓸해.

히와코는 또다시 그렇게 생각했다.

"도호쿠 신칸센이 도카이도 신칸센보다 나중에 생긴 거지? 그런데도 차량이 왜 이렇게 낡아 보일까?"

언제였던가, 히와코가 쇼조에게 그리 물어본 적이 있다.

"산길을 달리니까 그렇겠지. 터널도 많고."

쇼조는 그렇게 대답했다.

"그게 다야? 정말로 그것뿐이라고 생각해?"

히와코 생각에 거기에는 뭔가 다른 힘이 작용하고 있는 것 같았기 때문이다.

열차는 미끄러지듯 움직이기 시작했다. 히와코는 창유리의 어둠에 비친 자신의 얼굴을 바라본다.

"아버지 상태가 안 좋으신 모양이야."

쇼조가 그 말을 꺼낸 것은 지난주였다. 밤에 부엌에 들어와 마늘과 식초와 간장에 절인 오이―히와코는 절임 반찬을 즐겨 만든다―를 집어 먹으면서 그렇게 말했다.

"상태라니?"

부엌에는 방수 라디오가 한 대, 그리고 꽃화분이 하나 놓여 있다. 쇼조는 부엌에 발을 들이는 일이 좀처럼 없다.

"허리."

시아버지는 오래전부터 허리병을 앓아왔다.

"심각한 건 아닐 거라 생각하지만, 떼를 쓰듯이 엄마가 죽는 소리를 하시니까."

상황을 알아볼 겸 이삼일 놀러 갔다 와주면 좋겠다고, 쇼조는 말했다.

"내가 갈 수 있으면 좋겠지만, 당장 일을 쉴 수가 없어서."

라며.

그래서 히와코는 지금 이 열차 안에 있다.

시아버지는 농사를 짓는다. 논밭은 쇼조의 여동생 부부가 이어받았지만, 아직 완전히 맡길 생각은 아닌 모양이다. 몸 상태가 좋을 때는 날마다 논에 나간다고 한다.

히와코는 시아버지를 좋아했다. 작은 체구에 간간한 인상의 노인이지만, 웃으면 어린애처럼 부드러운 표정이 나온다. 정수리가 벗겨진 모습도 히와코 눈에는 남성적으로 보여서 좋았다.

역시 내일 아침 차를 타는 게 나았어.

검표가 끝나고, 열차 안에서 파는 커피를 하나 사자마자 좌석에 기대어 한숨을 쉰다. 일주일에 나흘, 파트타임으로 근무하는 원예점 일을 가능한 한 쉬지 않으려 일정을 짜다 보니 밤 시간을 이용하는 게 효율적이었던 것이다.

퇴근 후 히와코는 스튜를 만들어놓고 집을 나섰다. 소 정강이 살과 셀러리와 양송이버섯을 넣은 스튜다. 쇼조는 사흘 내내 그것만 먹을 것이다. 요즘엔 요리하는 남자도 많지만 히와코는 쇼조가 요리하는 것을 아직 한 번도 본 적이 없다.

문득 귀에 거슬리는 목소리가 들렸다.

글구 말야.

목소리는 그렇게 되풀이되었다.

글구 말야, 내가 꼭 그렇다고 말하는 건 아니잖아. 맞아 맞아, 그래.

누군가가 휴대전화를 쓰고 있는 모양이다. 목소리를 낮추려는 기색도 없었다. 어린애 같은, 천진하게까지 들리는 목소리다.

힐끔 보니, 통로를 사이에 두고 옆줄 뒷자리에 기껏해야 열여덟 살쯤 되어 보이는 여자아이가 앉아 수다를 떨고 있다.

도호쿠 신칸센 11

차림새 한번 복잡하네.

히와코는 그 아이에게 거의 눈을 빼앗기다시피 했다. 보라색 청바지에 베이지색 원피스를 겹쳐 입고, 그 위에 카디건을 걸쳤다. 카디건은 빨강과 짙은 갈색이 섞여 있다. 목 언저리로 엿보이는 하이넥은 원피스 아래에 받쳐 입은 것이리라. 금갈색으로 물들인 짧은 머리에 머리핀을 몇 개씩이나 꽂았다. 살결이 희고 나긋나긋한 몸매를 가진 여자아이다.

히와코는 문득 부러운 마음이 들었다. 저렇듯 복잡한 옷차림으로 밤 열차 안에서도 느긋할 수 있는 여자아이가.

히와코에게도 그런 시절이 있었다. 여자아이의 보호막이 되고 있는 것이다. 그러한 복장이, 친구들이 있는 세계가.

"다시 전화할게. 지금 부모님 집에 가는 길이니까."

그렇게 말하고 어린 여자아이는 전화를 끊었다. 히와코는 미소 지었다. 부모님 집. 요즘은 그런 식으로 말하는구나.

전화를 하고 있던 여자아이 앞, 통로를 사이에 두고 히와코의 바로 옆자리에는 기타를 든 사내가 앉아 있었다. 열차 안은 난방을 세게 틀어 후끈거릴 정도인데, 코트를 입은 채 등을 웅크리고 도시락을 먹고 있다.

별난 사람이다.

히와코는 단정 지었다. 기온 차에 무딘 사람은 다른 일에도 무디다고 여기는 히와코다.

아까 그 아저씨는 어디에 있을까.

히와코의 자리에서는 보이지 않지만, 보나마나 좌석에 푹 파묻혀 술을 마시고 있겠거니 생각했다.

나 홀로 승객들만을 싣고 신칸센은 달리고 있다.

히와코가 파트타임으로 바깥일을 하게 된 것은 반년쯤 전부터다. 머잖아 태어나리라 여겼던 아이도 좀처럼 생기지 않아 시간이 남아돌았다. 쇼조의 수입으로 두 사람 살림을 못 꾸릴 정도는 아니었지만, 자신이 일해서 조금이나마 가계에 보탬이 될 수 있다는 게 기뻤다.

9시부터 2시까지 일하는 날과, 2시부터 7시까지인 날, 9시부터 7시까지인 날이 있었다. 히와코는 자전거를 타고 가게에 나가, 뻣뻣하고 질긴 광목 앞치마를 두르고 일한다. 큰 가게라 원예용품 외에 애완동물 용품도 구비되어 있다. 고양이용 모래라든지 도그푸드 같은.

히와코의 일 중에서 가장 힘든 것은 엄청난 수의 화분을 가게

앞에 늘어놓고, 햇빛을 가릴 필요가 있는 곳에는 발을 치고, 물을 주도록 지시받은 화분에는 물을 주는 작업이다. 어쨌든 그 수가 엄청난 데다, 그중에는 히와코보다 키가 큰 화분도 있고, 그런 것은 무겁기도 하다. 잎이 더럽다 싶으면 마른걸레질을 살짝 해줘야 하고, 벌레 먹은 흔적이라도 있으면 안쪽에 들여놓아야 한다. 그리고 저녁에는 모든 화분을 하나씩 가게 안으로 들여놓는다.

손님을 상대하는 일은 힘들지 않았다. 하루 몇 시간이 됐든 점원이라는 인격을 걸칠 수 있다는 건 마음 편한 일이었다.

히와코는 이 일이 마음에 들었다. 화분을 내고 들이는 작업은 특히 좋았다.

가게에 나붙은 점원 모집 벽보를 보고, 쇼조에게 의논했더니 두말없이 찬성해주었다. 당신이 하고 싶다면 하면 되지, 라고 했다.

본격적으로 일을 시작하고 나서 시부모에게 알렸다. 그다지 환영받지 못했다. 그들은 히와코가 아니라 쇼조에게 잔소리를 했다. 그럴 필요가 뭐 있느냐고 물은 모양이다. 쇼조는 나중에 웃으며 히와코에게 그 이야기를 전했다. 히와코가 가엾잖니. 시어머니는 그렇게 말했다고 한다.

그럴 때면 이미 말이 본래의 의미를 잃고 만다는 점에서 히와코는 위화감을 느낀다. 그렇기 때문에 가령 "아뇨, 제가 좋아서 하는 일인걸요."라고 말해본들 달라지는 것은 없다. 의미를 잃은 말은 히와코를 제외한 부모자식 사이에서 마치 암호처럼 오갈 뿐이다.

"왜 내 말은 통하지 않는 걸까."

쇼조에게 그렇게 물어본 적이 있다.

"통하질 않아?"

하지만 그 물음은, 쇼조에게도 통하지 않았다.

"아버지 어머니 다 히와코를 마음에 들어하셔."

'마음에 들어한다'는 말 자체가 애당초 히와코의 마음에 들지 않았지만, 그 점을 쇼조에게 설명할 수는 없었다.

히와코는 말수가 적구나.

시어머니에게 여러 번 그런 말을 들었다. 비난은 아니었다. 단순한 당혹감에서 나온 말이었다.

식어버린 커피를 홀짝이고, 창밖을 보며 히와코는 쓴웃음을 짓는다. 양쪽 모두 당혹스러워지기 위해 나는 다시 그곳을 향해 가고 있구나, 하고 생각한다.

열차는 우츠노미야 역으로 미끄러져 들어가더니 승객 몇 사람을 토해냈다. 붉은 원피스에 모피 코트를 입은 몹시 야윈 여자와 중년 남자 둘이 들어오는 것이 보였다.

쇼조의 본가는 마당이 넓다. 쇼조를 따라 처음 그 집에 갔을 때 히와코는 초목의 기세에 놀라 눈이 휘둥그레졌다. 대문 옆 사과나무에 꽃이 만발했던 것이 기억난다.

다다미방에 곧잘 벌레가 들어온다. 털벌레며 개미, 벌, 그리마. 히와코는 벌레라면 질색하지만, 도회지 아가씨는 약골이네 어쩌네 하고 비춰지는 것이 싫어서 애써 아무렇지 않은 척 가장한다. 그래도 다른 사람들처럼 손가락으로 집어 내버리진 못하니 영 부실하다고들 생각하리라.

그 집.

쇼조와 결혼하고부터 일 년에 두세 번은 내려가는 터라 히와코는 이미 여러 차례 그 집을 방문했다. 어두운 복도며 따로 떨어져 있는 욕실, 조상들의 초상 사진이 걸린 침실. 히와코는 몸 둘 곳이 없다. 그래서 거실 귀퉁이에 가만히 있다.

어머나, 히와코 거기 있었니?

가끔 그런 말을 듣곤 한다.

"맥주."

통로 맞은편에서 기타를 든 남자가 객차 내 판매 카트를 불러 세웠다.

"저도요."

히와코는 말하고 핸드백에서 지갑을 꺼냈다. 이 안은 엄청나게 더운걸. 변명처럼 생각한다. 이 안은 너무 더워서 금세 목이 말라.

우선 남자가, 뒤이어 히와코가 캔 뚜껑을 땄다. 맥주는 차갑고, 기가 막히게 맛있다.

거울 대용으로 창유리를 바라본다. 괜찮아. 이 정도로는 빨개지지 않아.

옆의 남자는 어떤 식으로 기타를 퉁길까. 문득, 그런 생각이 들었다. 캔맥주를 쥐고 있는 남자의 손가락이 무척 길고 곱다.

히와코는 눈을 돌려 자신에게 주어진 역할로 되돌아가려 했다. 시댁에 문안 가는 며느리. 역할이 있다는 게 싫진 않다. 역할이란 나아가야 할 방향을 제시해준다. 게다가 히와코는 시부모를 좋아했다. 남편인 쇼조조차 곧이 믿지 않을지 모르지만, 확실히 두 분이 좋았다. 느긋하고 선한 분들이라고 생각했다.

그것은 미묘한 문제였다.

역할을 벗어난 자리에서 히와코가 보는 것, 느끼는 것이기에 히와코는 서둘러 역할로 되돌아가야 한다. 히와코는 쿡쿡 웃고 만다. 쿡쿡 웃으며 되돌아가는 수밖에 없는 것이다.

몇 해 전 여름에 쇼조와 함께 내려가 보니, 둘의 침실로 주어져 있던 방에 신사의 부적이 붙어 있었다. 자식 기원을 위한 부적이라고 했다. 그날 밤 쇼조는 이웃에 사는 아이들을 불러 모아 마당에서 불꽃놀이를 했다. 불꽃놀이를 하면서 히와코는 쿡쿡 웃었다. 마냥 웃고 있었다.

후쿠시마를 벗어나자 차량이 분리되고, 승객 수는 더욱 줄었다. 도호쿠 신칸센은 심하게 흔들린다. 화장실에 다녀오면서 보니, 히와코가 탄 차량에는 다 합쳐 승객이 여섯 명밖에 남아 있지 않았다. 히와코와, 우츠노미야에서 올라탄 남자 둘, 복잡하게 껴입은 소녀와 기타를 든 코트 차림의 젊은 남자, 그리고 좌석에서 깊이 잠들어 있는 신사복 차림의 풍채 좋은 중년 남자 하나.

말을 나누는 사람은 하나 없는데, 어둠을 달리는 열차 안의 인공적인 밝음이라든지 과도한 난방이 만들어낸 공기라든지, 도시락 냄새며 서로가 발산하는 생활의 기척이며 무료함, 그런 것들이 한데 섞여 독특한 연대감이 생겨나 있다.

자의식이 극도로 예민한, 폐쇄적인, 그러면서도 편안한—.

이대로, 이 여섯 명이서 지낼 수 있을지도 모르겠다.

히와코는 생각했다.

모두 언짢은 듯한 혹은 불행해 보이는 표정으로 무뚝뚝하게 앉아만 있는걸.

옷을 겹쳐 입은 소녀와는 친하게 지낼 수 있을 듯한 느낌이 들었다. 후줄근한 차림으로—벌건 얼굴로—자고 있는 남자도, 분명 나쁜 사람은 아니겠지.

사고라든지, 뭔가 불가항력의 사태가 벌어져 여기서 이대로 여섯 명이서 살아가야 한다면.

히와코는 그리 엉뚱한 발상도 아니라고 여겼다. 쇼조와 10년을 같이 살아온 것이나 별반 다를 바 없지 않을까.

남자 둘은 귤껍질을 까고 있다. 뺨이 포동포동한 소녀는 머리핀을 잔뜩 꽂은 머리로 멍하니 창밖을—어쩌면 거기에 비친 자신의 얼굴을—바라보고 있다. 젊은 남자는 잡지를 넘기고 있다. 벌건 얼굴의 사내는 정신없이 자고 있다.

찰박찰박 팔자걸음으로 걸으며 이 부근의 명물 과자를 안은 판매원이 지나갔다. 승객 누구도 과자를 살 것처럼 보이지는 않겠지.

그 집에 도착하면.

히와코는 생각한다. 그 집에 도착하면, 현관에서 평소보다 다소 큰 목소리로, 저 왔어요—, 하고 말하리라. 자신을 맞기 위해 시어머니는 일어나 기다리고 계시겠지. 필경 둘이서 차를 마시리라. 그런 다음 쇼조에게 전화를 걸고(그 집 전화기에는 먼지 방지용 커버가 씌워져 있다). 히와코는 눈에 선했다. 쇼조의 목소리를, 분명 자신은 사랑스럽게 들으리라. 이 세상에서 가장 사랑스러운 사람의 목소리인 양.

이제 홀가분하게 단 두 량으로 편성된 도호쿠 신칸센은 어둠 밖에 보이지 않는 적막한 차창 풍경 속을 요란한 소리를 내며 오로지 달리고 있다.

군것질

　오랜만에 학창 시절 친구들과 만난다는 건 3주 전부터 정해진 일이었다. 때문에 히와코는 쇼조가 왜 당일 아침에서야 뒤늦게 기분이 언짢아졌는지, 통 알 수가 없었다. 히와코의 친구들 중에는 직장에 다니는 사람도 있어서 자연히 주말에 약속을 잡게 된다. 결혼해 아이가 있는 친구들도 주말이라면 남편에게 아이를 맡길 수 있어서 시간 내기가 좀 수월한 눈치다. 결혼은 했어도 아이는 없고, 일주일에 나흘, 근처 꽃집에서 파트타임 일을 하는 것이 전부인 히와코가 따지고 보면 가장 홀가분하련만, 어찌 된 셈인지 실제로는 전혀 그렇지 못했다.

　우선 쇼조는 좀체 일어날 생각을 하지 않았다. 날씨가 좋았다. 히와코는 혼자서 사과와 커피로 아침을 때우고 세탁기를 돌렸다. 쇼조의 잠옷도 함께 넣어 빨고 싶었지만, 깨워도 일어나질 않아 포기했다.

    친구들과의 점심 모임을 위해 히와코는 물색 원피스를 골랐다. 살구색 립스틱을 바른다. 장신구는 좋아하지 않아서 손목시계와 결혼반지가 전부다.

    결혼반지를 낄 때면, 히와코는 늘 이상한 기분이 든다. 쇼조와 연애를 했다는 사실은 기억하고 있는데, 대체 어떤 식으로 했는지 통 생각이 나질 않는다. 쇼조는 착한 사람이지만, 이 세상에 착한 사람은 숱하게 많다. 그 숱한 사람이 아닌 쇼조와 결혼하고, 당연하다는 얼굴로 반지를 끼고 나가려는 자신을 히와코는 어쩐지 또 다른 누군가인 양 느낀다.

    빨래를 널고 나니 11시가 다 되어가고 있었다. 친구들과는 1시에 만나기로 약속했다.

    일어나.

    히와코는 쇼조를 흔들었다.

    이제 나가야 해. 아침, 먹어야지? 달걀 어떻게 해줄까?

    어디 간댔지?

    쇼조가 물었다. 뻔히 알면서 묻는 게 어이가 없어 히와코가 입을 다물고 있자, 쇼조는 마지못해 오믈렛, 이라고 대답했다.

부엌은 집에서 가장 청결한 장소다. 쇼조가 들락거리지 않아 어질러질 일이 없다. 히와코는 부엌을 자신의 영역이라 여기고 있다. 창틀에 놓아둔 라디오에서 로베타 플랙의 노래가 흘러나온다.

립스틱 색깔이 너무 진한데.

쇼조는 일어나자마자 그렇게 말했다. 거실 의자에 걸터앉아 신문을 펼친다.

몇 시쯤 들어와?

커피와 오믈렛을 내놓자 쇼조가 물었다.

잘 모르겠지만 저녁 먹기 전에는.

히와코는 대답하고 나서 침실로 돌아가 침대를 정돈하고, 일어나자마자 물을 준 화분 세 개를 베란다에서 들여놓았다. 방충창이 좀 더러워 보여 여름이 오기 전에 청소해야겠다고 생각했다.

이 커피는 쓰다, 너무 진해.

쇼조는 그렇게 말하고 TV를 켰다.

쇼조의 심사가 편치 않은 것도 어찌 보면 당연한지 모른다. 히와코는 문득 그런 생각을 했다. 좀 더 조심스럽게, 미안한 기색으로 나가는 게 도리일지 모른다고. 적어도 히와코의 친정어머니는 그렇게 하고 있었다.

설거지를 하면서 히와코는 서둘러 그런 생각을 물리친다. 마음에 안 들어. 그런 발상은 전혀 히와코 마음에 들지 않는다.

거실에 쇼조의 모습은 없었다. TV는 켜진 채로 있다.

쇼짱?

TV를 끄고, 히와코는 침실 문을 열었다. 쇼조는 침대에서 신문을 읽고 있다.

그럼, 다녀올게.

침실의 TV도 켜져 있다. 히와코는 조금 넌더리가 난다. 쇼조가 다니는 회사 부하직원들에게 이 모습을 보여주고 싶단 생각을 한다. 쇼조는 중견 식품회사의 부장이다. 일요일이면 쇼조의 얼굴은 다박나룻으로 뒤덮여 있다.

점심은 어떡하면 돼?

쇼조가 그 말을 꺼냈을 때, 히와코는 조금이 아니라 완전히 넌더리가 나고 말았다.

이제 막 먹었잖아.

쇼조는 움직이지 않는다. 신문에 눈을 내려뜨린 채, 그건 아침이지, 라고 말한다.

그럼 샌드위치라도 사다 먹으면 되잖아.

히와코는 그만 짜증난 목소리를 내고는 근처의 빵집 겸 레스토랑의 이름을 댔다. 진짜, 난 이 사람과 대체 어떤 식으로 연애를 했을까.

학창 시절의 친구들을 만나는 것도 이미 귀찮아졌다. 집에 있으면서 쇼조의 기분을 맞춰주는 편이 쉽다. 그러고 보니 다림질 거리가 쌓여 있고, 한동안 주전자도 닦지 못했다. 주전자는 물만 끓이는 도구인데도, 내버려두면 금세 기름때가 낀다. 그건 유혹이었다. 히와코는 혼란에 빠지고 만다.

그럼, 가자.

쇼조가 말하고 일어섰다. 어딜? 하고 물었더니 빵집이라고 대답하기에, 지금? 하고 묻자 지금, 이라고 대답한다. 옷 갈아입게 잠깐 기다려줘, 라고. 잠옷을 벗자 관록 있는 육체가 드러난다. 쭉 궁도를 해온 쇼조는 워낙 체격이 듬직하다. 최근엔 아마도 좋아하는 맥주 덕에 복부를 중심으로 관록이 늘었다.

벌써 늦었어, 지각한단 말이야.

히와코의 안달에도 아랑곳없이 쇼조는 태연하다. 이 사람의 몸은 갈수록 커진다. 히와코는 반쯤 놀라면서 그렇게 생각한다.

어째서 이렇게 자꾸자꾸 커지는 걸까.

가자.

쇼조가 앞장서서 바깥으로 나갔다. 5월의 하늘은 푸르고, 공기는 히와코의 기분에 어울리지 않을 정도로 맑았다.

점심때라 빵집은 붐볐다. 카운터 앞의 커플이며 아이를 동반한 손님─레스토랑의 자리가 나기를 기다리고 있는 듯─을 헤치고, 히와코는 간신히 샌드위치를 샀다. 쇼조의 손가락질을 따라 커스터드 크림이 든 달아 보이는 과자빵도 샀다.

밖으로 나온 히와코는 꾸러미를 쇼조에게 떠맡기듯 건네며 말했다.

가봐야 돼.

손목시계는 이미 12시 반을 향하고, 지각은 못 면할 듯싶었다.

잠깐만.

쇼조가 부스럭대며 빵 봉지를 열기 시작한다.

됐어.

히와코는 쇼조의 팔을 잡아끌었다. 어쨌거나 가게 바로 앞이다. 사람들 출입에 방해가 된다. 쇼조는 잡아끄는 대로 몇 걸음 옆으로 비켜섰지만, 샌드위치를 도로 넣으려 하지는 않았다.

한입 먹고 가.

여기서?

차도와 인도가 가드레일로 구분되어 있는 길거리. 차도에는 차들이, 인도에는 사람들이 오간다.

나 지금 밥 먹으러 가는 거야.

히와코의 말에도 쇼조는 아랑곳하지 않는 것 같았다. 날씨가 좋으니까, 기분 좋잖아? 라는 소리를 한다.

히와코는 고개를 움츠리고 샌드위치를 한입 베어 물었다. 위를 올려다보니 나뭇잎 사이로 새어드는 햇살이 얼굴에 떨어진다. 확실히 기분은 좋다. 한입 더 베어 물었다. 쇼조는 만족한 듯 샌드위치를 봉지에 도로 넣었다. 자기는 먹지 않을 생각인가 보다. 히와코는 웃음을 터뜨리고 만다.

가봐야 돼.

미소를 머금은 목소리로 다시 한 번 말하고, 히와코는 가벼운 발걸음으로 걷기 시작한다.

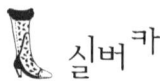 실버카

실버카(장바구니를 겸한 노인용 보행 보조 기구_옮긴이)를 밀면서 요시노 할머니가 들어온다. 작고 허리가 굽은 요시노 할머니는 양손으로 유모차라도 미는 양 천천히, 실버카를 붙잡고 들어온다.
 "아, 다행이다. 있구나 있어."
 히와코를 보더니 작은 얼굴이 환해지며 웃는다. 같이 일하는 동료 말에 따르면, 히와코가 없는 날엔 요시노 할머니는 정말로 무뚝뚝하고 기분이 언짢아 보인다고.
 "안녕하세요."
 히와코는 되도록 기분 좋게 인사한다.
 "날씨가 좋네요."
 라는 말도 덧붙인다. 그게 일이니까. 그러면 요시노 할머니는 짐짓 점잖게 고개를 끄덕이고,

"이리 무더워서야 당해낼 수가 있나."
라고 말하거나,
"아스코 길, 아스코라고 화과자 가게 모퉁이를 돌면 나오는 버스길 말인데, 지금 지나오면서 보니 가로수가 파란 것이 볼 만했다우. 괜찮으면 나중에 한번 가봐요."
라고 말하기도 한다.
"늘 찾으시는 걸로 드릴까요?"
확인하고 나서, 히와코는 고양이용 모래와 사료 캔을 실버카에 담는다.
"다행이구먼, 오늘은 댁이 나와줘서."
요시노 할머니는 같은 말을 다시 한 번 한다. 실버카 손잡이를 붙든 채 한 손으로 머리 빗는 시늉을 하며.
"댁은 다 알아서 해주니 말이우. 다른 사람은 한도 끝도 없거든."
마지막에만 목소리를 죽이고, 싫은 냄새라도 맡은 것처럼 코밑에 주름을 짓는다.
그것이 그녀의 억측임은 히와코를 포함하여 가게 사람이라면 누구나 알고 있었다. 고양이용 모래와 사료. 간단하다. 상표도

수량도 늘 똑같다. 점원들도 다 알고 있는 사실이다.

무엇보다 애완동물용품도 취급하는 이 원예점에서 히와코는 일주일에 나흘, 파트타임으로 일하는 데 지나지 않는다. 지식이나 경험은 물론 동식물에 대한 애정도 히와코 자신이 인식하는 바로는 전체 점원들 중에서 가장 빈약하다.

굳이 말하면 동물보다는 식물을 좋아한다. 동물을 기르는 사람의 열의와 집착에는 솔직히 종종 기가 죽는다.

"고맙습니다. 살펴가세요."

히와코는 상냥하게, 그러나 차분한 어조로 공손히 인사하고, 실버카와 그것을 미는 노파를 길에까지 나가 배웅했다.

히와코는 말수가 적은 아이였다. 주위 어른들은 대개 그것을 "어른스럽구나." 하고 표현했지만, 아마도 무뚝뚝했지 싶다. 술 취한 숙부에게 '귀염성이 없다'는 말을 들은 적도 있다.

그러나 쇼조와 결혼하여 10년이 지난 지금에 이르니, 그 무렵 말수가 적었던 것은 뭔가 특권적인 침묵이 아니었을까 싶다. 말 없고 귀염성이 없어도, 재잘대며 귀염성이 있어도, 아무 차이 없이 충분히 사랑받는다는 것을 알고 있는 사람의 특권적인 침묵.

"히와코는 말이 없구나."

예를 들면 시어머니는 지금도 그런 식으로 말한다. 하지만 히와코 생각에 그건 사실과 달랐다.

그 증거로, 낮에 가게에 온 요시노 할머니에 대해 아까부터 쇼조에게 누누이 설명하려 하고 있다.

"머리가 있지, 뒤죽박죽이야. 반백에 가까운 머리를 엄청 짧게 잘랐는데, 막 자다 일어난 사람처럼 여기저기 떡이 지고, 나머지는 태풍이라도 맞은 양 죄다 헝클어져서는."

저녁 식사를 마치고 소파에 드러누워 TV를—보는 것 같지도 않게—보던 쇼조는 헤에, 하고 말했다.

"얼굴이 워낙 무섭게 생겨서 처음엔 화난 건가 싶었는데, 그렇지도 않더라구. 가로수가 파래서 예쁘다고, 가보란 말도 하더라니까."

"헤에."

히와코는 웃음을 터뜨리고 만다.

"무슨 맞장구가 그리 서툴러."

왜 아내가 웃음을 터뜨렸는지 몰라 얼빠진 표정으로 TV에서 눈을 뗀 쇼조를 남겨두고, 히와코는 여전히 쿡쿡 웃으면서 부엌으로 돌아간다.

"복숭아 깎아줄게."

즐거움이 묻어나는 목소리다. 사실 행복한 기분이었다.

어째서일까. 히와코는 생각한다. 과도로 복숭아 껍질을 벗기면서. 건성인 게 빤히 보이는 저 사람의 맞장구가, 어째서 나는 행복하게 느껴질까.

복숭아는 조금 작은 듯해도 싱싱한 데다 껍질이 술술 벗겨졌다.

건성인 게 빤히 보이는, 하지만 너무나 쇼조다운 서투른 맞장구였기 때문인지도 모른다. 애당초 중요한 이야기는 아니었다.

쇼조가 몸을 일으켜 자리를 내주었기에 거실 소파에 나란히 앉아 복숭아를 먹었다.

히와코는 좀 전에 무슨 이야기를 하려던 참이었는지 잘 생각이 나지 않는다. 근처에 사는, 아마도 혼자 살며 고양이를 여러 마리 기르고 있는 할머니 이야기 따위에 쇼조가 흥미를 가질 리 없는데. 그녀의 머리 모양이든 그녀가 자신을 마음에 들어해준다는 것이든, 그 어느 쪽도 히와코가 하고 싶은 말과는 달랐다.

"달다."

쇼조가 입안에 큼직한 복숭아 한 조각을 넣은 채 우물거리며 말했다.

　이튿날 히와코는 마음먹은 김에 머리를 잘랐다. 일도 없고 날씨도 좋아 문득 그러고 싶었던 것이다. 집 근처의 벽도 문도 하얗게 칠해진, 늘 봐도 비어 있는 미용실에 처음 가보았다. 히와코는 옷이니 화장품이니 머리 모양 같은 것에 그다지 마음 쓰지 않는다. 그런 데에 신경 쓰는 건 어쩐지 부끄럽다고 여긴다. 언제든 꾸밈없이 살고 싶었다.
　미용실을 나와 바로 앞에 보이는 구민센터 도서실에 잠깐 들렀다가 구내 찻집에서 홍차를 마셨다. 홍차는 너무 연했고 곁들여진 레몬도 신선해 보이진 않았지만, 잘라서 가벼워진 머리 덕에 기분은 좋았다.
　등나무로 짠 잡지 진열대에서 신문을 꺼내 펼쳤다. 오늘 날짜인데 벌써 종이 끝이 말려 올라갈 정도로 건조해진 조간신문은 히와코의 양팔 사이에서 버석버석 소리를 냈다. 당황스럽고 마음이 몹시 불편해진다. 찻집에서 신문을 펼치는 건, 히와코 생각엔 남자들이나 하는 일이기 때문이다.
　히와코는 평소 신문을 읽지 않는다. 신문을 좋아해서, 매일 아침 몇 종류씩 역 매점에서 직접 골라 사 읽고 싶다고 쇼조가 바랐기 때문에 집에서는 신문을 구독하지 않는다. 그래도 히와코는 조금도 불편하지 않다. 머리를 자르고 마음이 들떠서, 필요도 없는데 신문을 펼치고 멋대로 당황하고 있는 자신을 히와코는 순간 저주했다. 실수했다는 생각이 든다. 실수했다, 너무 들떠버렸다.

이곳에 쇼조가 있어주면 좋으련만.

그렇게 생각했다. 쇼조가 신문을 펼쳐주었다면 좋았을 텐데. 그러면 나는 그 옆에서 재미있어 보이는 기사만 읽을 수 있을 텐데.

버석버석 소리를 내며 히와코는 신문을 접었다. 드르르 하는, 낮고 귀에 거슬리는—그러나 어쩐지 귀에 익은—소리가 나서 보니, 실버카를 미는 요시노 할머니였다.

안녕하세요, 하고 말을 건네려는데, 그보다 앞서 할머니는 히와코의 테이블에서 신문을 집더니 다짜고짜 물었다.

"이거, 가져가도 됩니까."

"예에, 가져가세요."

대답하는 히와코를 보고도, 자신이 마음에 들어하는 원예점의 바로 그 점원이라는 사실은 전혀 깨닫지 못하는 눈치였다.

역시 무서운 얼굴이야.

히와코는 속으로 생각했다. 남을 얼씬 못하게 하는 듯한 태도와 표정이잖아.

"저, 안녕하세요."

엉거주춤 일어서며 인사하려던 히와코의 눈앞에서 요시노 할머니는 실버카 덮개를 열고 주위는 아랑곳없이 신문을 집어넣었다. 탁, 하고 작은 소리가 난다.

뭐 불만이라도 있느냐는 듯한 표정으로 요시노 할머니는 히와코를 보았다.

"저, 안녕하세요."

봐서는 안 될 것을 봐버린 듯한 느낌이 들어 당황한 히와코는 도리 없이 반복했다.

"늘 캣푸드를 사러 와주시는 가게의."

말이 채 끝나기도 전에 그녀의 얼굴이 확 밝아졌다.

"아아, 댁이구먼."

순식간에 지극히 평범한, 고상하다고 해도 좋을 할머니의 얼굴이 되었다. 히와코의 전신을 조사하듯 훑어보고, 그동안만은 다시 무서운 얼굴이 되었지만 금세 웃으면서 말했다.

"알았다, 머리 잘랐네. 그래서 느낌이 달랐구먼."
라고.
"어울리네, 잘."
칭찬이라기보다 허가하는 듯한 말투로 말한다.
"고맙습니다."
히와코는 웃는 표정을 지었다.

대화는 그것이 다였다. 노파는 가게 안쪽까지 실버카째 비틀비틀 이동하면서, 잡지 진열대에 있던 다른 신문도 슥 걷어가 버렸다.

따져 물을 수도 없어, 히와코는 다시 의자에 앉았다. 맛없는 홍차로 의식을 되돌려보려 한다. 조금 전까지의 홀가분한 기분은 온데간데없이 사라졌다.

남아 있던 신문 세 부를 몽땅 실버카에 넣은 뒤 요시노 할머니는 가게를 나갔다. 히와코 옆을 지나칠 때, 도저히 인사라고 볼 수 없는 험악하고 무서운 눈초리를 히와코에게 힐끗 던졌다.

그 시선에서 적의가 느껴졌다. 대체 무슨 영문인지 히와코로서는 알 수가 없었지만, 떠나면서 보인 노파의 눈초리에는 분명히 적의가 깃들어 있었다.

쇼조는 표정이 읽히지 않는 얼굴로, 그러나 현관 앞에서 히와코를 보자마자 말했다.

"잘랐어?"

검은 나일론제 숄더백이 양복의—어쩌면 몸의—일부처럼 보인다. 쇼조는 전신주처럼 키가 크다.

"잘랐어."

똑같은 말로 히와코는 대답한다. 어깨까지 내려왔던 머리를 턱 부근에서 가지런히 잘랐다.

"긴 머리가 나았어?"

슬쩍 떠보았다.

"아니."

곤란한 듯이 대답한 쇼조는 이미 히와코에게서 눈길이 떠난 후였다. 구두를 벗고, 복도라 부르기에는 너무나 짧은 맨션 복도를 걸어 침실로 향한다. 히와코는 미소 짓는다. 이 사람의, 이런 점을 좋아했던 거다. 곤란해하는 구석. 말이 없는 세계에서 살고 있는 듯한 구석.

히와코는 그 세계가 욕조처럼 따스하고 좁고 특별하게 느껴진다. 아마도 어릴 적에는 히와코 자신도 그런 세계에 있었으리라.

"오늘 요시노 할머니랑 또 만났어."

식탁을 차리면서 히와코는 말한다. 비둘기 모양 라쿠간(곡물 가루와 설탕으로 만든 건과자의 일종_옮긴이)처럼 생긴 젓가락 받침이 두 개, 까만 칠 젓가락과 붉은 칠 젓가락.

"그것도, 구민센터 찻집에서 우연히."

조린 가자미의 달달한 냄새, 전기밥솥에서 피어오르는 김.

"헤에."

티셔츠에 트레이닝팬츠로 갈아입은 쇼조는 놀라는 기색도 없이 대답한다.

"역시 실버카를 끌고 있었어. 파랗고, 드르르 소리가 나는 실버카."

거기에 신문을 집어넣으면서 돌아다니고 있었어. 왜 그런지, 그 말은 입 밖에 내지 못했다. 고양이를 여러 마리 기르다 보면 신문지도 많이 필요하겠지. 히와코는 그렇게 생각해본다.

"나이 들어 혼자 살려면, 아무래도 힘들 거야."

공공시설의 비품을 가져가는 그녀의 행위를 비난하는 사람은 아무도 없었다. 비난하지 못하도록, 그녀는 험악한 표정으로 적의를 발산하고 있는 것 같기도 했다.

"처음엔 난 줄 몰랐던 것 같아."

언제나 그렇듯, 쇼조 앞에서 히와코는 묘하게 수다스러워진다.

"마침 머리도 자른 후였고, 앞치마도 안 둘렀고. 왜 있잖아, 점원이란, 가게 밖에서는 존재하지 않을 것처럼 여겨지는 거."

쇼조는 대답이 없다.

"앉아."

히와코는 그렇게 말하고 컵 두 개에 맥주를 채운다. 나는 이 사람에게 지금 무슨 말을 하고 싶은 걸까, 곰곰이 생각한다.

"잘 먹겠습니다."

이 집에선 잘 먹겠습니다, 라고 입 밖에 내어 말하는 사람도 히와코뿐이다. 다만 쇼조는 예의 바르게, 히와코의 그 말을 듣기 전까지 젓가락을 잡지 않는다. 언제부터인가 그게 두 사람의 습관이 되어버렸다.

"나, 습관이란 거 좋아해."

히와코 말에 쇼조는 고개를 끄덕인다. 쇼조가 왜 끄덕이는지 알 수 없어, 히와코는 웃음을 터뜨리고 만다.

"왜 웃는데?"

두 사람이 사는 맨션의 전기는 전부 형광등이고, 식탁 위에만

실버카 39

백열 램프가 매달려 있다. 그 램프 덕택에 식탁 위와 그 주변만 따스한 색조의 빛으로 감싸여 있는 것이 히와코는 늘 우스웠다.

"쇼짱은 왜 끄덕였는데?"

또다, 하고 생각하면서 히와코는 되묻는다. 대답이 돌아오리란 기대는 하지 않는다. 하지만 또다시 나는 두둥실 가뿐한 기분, 행복이라 부르고 싶을 만큼 유쾌한 기분으로 쿡쿡 웃음 짓고 있다.

요시노 할머니는 지금쯤 무얼 하고 있을까, 생각한다. 고양이는 몇 마리나 될까. 아까 그 신문은 방에 깔아두었을까.

히와코는 자신이 무슨 이야기를 하고 싶었는지 그제야 깨닫는다. 신문을 가져간다는 행위의 옳고 그름이 아니고, 그녀의 험악한 표정이나 고독도 아니고, 맛없는 홍차도 아니고, 점원으로서의 자신도 아니고, 동시에 그 모든 것이기도 한 한 가지 사실.

"오늘, 당신은 요시노 할머니랑 만나지 않았어."

신중하게, 히와코는 그 말을 입에 담는다.

"중년의 남자 미용사가 입고 있던 검정 셔츠와 바지를 보지 않았고, 찻집 벽에 걸려 있던, 해변 풍경을 묘사한 석판화도 보지 않았어."

그건 거기에 있었는데. 내일이면 사물은 이미 전혀 다른 것이 되어버리는데.

"보면 좋은 일이라도 있어?"

진지한 얼굴로 쇼조는 물었다.

"없어."

히와코는 자신 있게 단언한다. 행복이라 부르고 싶은 유쾌함은, 뚜렷한 체념과 더불어 히와코를 안심시키고 미소 짓게 한다. 하지만 당신은 전철을 보았지? 라고 마음속으로 계속했다. 회사의 책상을, 창틀을, 회사 사람들의 얼굴을 보았겠지?

"좋은 일은 없지만, 나는 봤어. 머리가 부스스한 할머니며, 파란 실버카를 말이야."

"나는 아냐."

쇼조는 말하고 TV로 눈을 돌렸다.

"그렇네. 차 끓여올게."

부엌으로 간 히와코는 새하얀 불빛 아래에서 주전자에 물을 담아 불에 올렸다. 히와코는 낮의 일이 정말로 있었던 일인지 아닌지, 이제 확신이 서지 않는다. 히와코만이 본 것.

"절임 조금만 더 썰어와."

소파로 자리를 옮긴 쇼조가 말한다.

"알았어."

대답하고 히와코는 냉장고를 연다.

"아아 다행이다. 있구나 있어."

그다음 주에도 요시노 할머니는 가게에 들렀다. 연보랏빛의 간소한 원피스를 입고 있었다.

"모기한테 물려서."

언제나처럼 고양이용 모래와 사료 캔을 선반에서 꺼내는 히와코 옆에서, 할머니는 그렇게 말하고 팔을 손톱으로 긁어 보였다. 긁적긁적, 꽤 큰 소리를 내며.

"이제 여름이네요."

히와코가 말하자, 뜻밖에 딱 잘라 부정하는 말이 돌아왔다.

"아직이라우. 아직 장마도 걷히지 않았으니."

히와코는 쓴웃음을 짓는다.

"네에, 그렇네요."

상품을 실버카에 담고, 돈을 받고, 회원 카드에 스탬프를 찍었다.

"요즘은 말이지, 마침 공원의 수국이 예뻐. 분홍이며 파란빛이 도는 게 말이우."

아아, 그래. 히와코는 생각했다. 슬픔을 닮은 미소가 입가에 어린다. 점원에게 말을 걸 때의 이 사람과 쇼짱에게 말을 걸 때의 나는, 고독한 점이 꼭 닮았다.

"괜찮으면 나중에 댁도 한번 가봐요."

"네."

대답하고 나서 히와코는 업무용 웃음을 지었다. 자신이 거기에 가지 않으리라는 것은 알고 있었다.

"고맙습니다."

작고 허리가 굽은 할머니를 문 앞까지 배웅했다. 그리고 그녀가 그녀의 눈으로만 보고 온 공원의 수국, 다른 사람은 영원히 보지 못할 수국을 생각했다.

 여행

 하룻밤 묵을 요량으로 어디든 다녀오자, 라고 말을 꺼내는 사람은 으레 쇼조다. 히와코는 여행을 그리 좋아하지 않는다. 어릴 때부터 그랬다. 부모님과 함께 간 여행도, 수학여행이니 합숙 같은 것도, 학창 시절에 친한 친구들끼리 떠난 여행조차 지나고 보니 그 나름으로 그리운 추억이 되었을 뿐, 여행 자체는 아무래도 내키지 않았다.
 아마도 내가 게을러서일 거야. 히와코는 그렇게 생각한다. 늘 접하는 일상과 다르다는 것이 매번 고역이다.
 게다가 떠나기 전에는 으레 쇼조에게 화를 내게 된다. 꼼꼼하게 여행 일정을 짜는 타입이 아닌 쇼조는 묵을 곳만 정할 뿐, 나머지는 여느 휴일과 마찬가지로 늦잠을 자고, 소파에 드러누워 TV를 본다.

"몇 시에 나갈 거야?"

히와코가 물으면,

"이제 곧."

이라고 대답한다. 대답은 하지만, 움직이지 않는다.

"차 한 잔 줘."

라고 말하기도 한다. 혹은,

"목욕 좀 하고 나올게."

라고.

"저기 쇼짱, 안 갈 거야?"

히와코는 몇 번이고 재촉하지 않으면 안 된다. 나가고 싶은 것도 아닌데.

"그만 됐어. 나가는 거 그만두자."

아주 진저리가 나서 그렇게 말해버릴 때도 있다. 거실에 조금, 욕실에 조금, 벗어 던져놓은 쇼조의 옷가지를 쭈그리고 앉아 주워 모으면서. 그것은 사실 체념이 아니라 유혹이었다. 이대로 아무데도 가지 말고 집에 있자는 생각은.

결국 집을 나선 건 점심때가 지나서였다.

한여름. 하늘은 갓 씻어낸 듯 푸르게 빛나고 있다. 대체 뭐가 들었는지, 쇼조는 엄청나게 커다란—예를 들면 야구부 소년이 지고 다닐 법한—까만 나일론 가방을 들고 있다. 덩치가 큰 쇼조는 그 가방을 한 손으로 어깨에 둘러멘다. 가뿐히, 가볍게.

이제 막 나온 맨션을 히와코는 헤어지기 아쉬운 듯 돌아본다. 조그맣고, 친숙하고, 조용한 외관이 두 사람을 배웅하고 있다.

가장 가까운 JR역까지 택시를 타고 가서, 다시 JR을 타고 신주쿠로 나간다. "어디 가서 하룻밤 묵고 오자."라고 해도 둘 다 여행에 열성인 타입이 아니라서 행선지는 늘 같다. 처음부터 정해져 있다.

로맨스카(신주쿠 오다큐선 터미널과 여러 유명 관광지를 연결하는 특급열차_옮긴이) 티켓을 샀을 참에,

"배고파."

하는 쇼조의 말도 늘 똑같다. 5월이나 8월 휴가 때, 부부는 이미 10년이나 그런 일을 되풀이해왔다.

"그럼 뭐라도 사갈래?"

말하면서 히와코는 쿡쿡 웃음을 터뜨리고 만다. 연극 대사 같다는 생각이 들었기 때문이다. 오봉(일본의 추석_옮긴이)을 앞두고, 역 근처 백화점의 식품 매장은 발 디딜 틈 없이 혼잡하다.

"관두자."

작년까지는 견뎠지만 올해는 더 이상 견딜 수가 없다. 그런 생각으로 히와코가 주눅 드는 것도 해마다 있는 일이다. 대답 없이 쇼조가 북적이는 사람들을 헤치며 앞으로 나아가 버리는 것도.

여름 방학이라 아이들이 많다. 어린아이가 부모와 함께 있는 장소. 히와코는 그런 곳을 질색하는 편이다. 더군다나 이곳에선 식욕을 떨어뜨리는 냄새가 난다. 식어가는 새우 칠리소스며 나무 찜통에서 찐 산나물밥, 달고 끈적끈적한 양념을 바른 닭꼬치. 그것들이 한데 합쳐진 냄새다. 지나치고 배려 없는 냄새.

"기다려."

히와코는 잰걸음으로 뒤쫓는다. 쇼조의 키가 크다는 사실이 스스로 생각해도 우스울 만큼 믿음직스럽게 느껴진다.

"이쪽으로 와."

쇼조는 도시락이 늘어선 쇼케이스와 자신 사이에 히와코를 세워 인파를 피할 수 있게 해준다. 쇼조는 묵묵히 사고, 묵묵히 전진한다.

"또 사려고? 보나마나 다 먹지도 못할 텐데."

히와코의 말은 쇼조에게 아무런 영향도 주지 못한다.

"쇼짱, 가방. 걸을 때는 앞쪽으로 안으라니까. 아까부터 옆 사람들한테 부딪히잖아."

쇼조는 괘념치 않는다. 가방의 폭을 이용해 걸어간다.

"쇼짱 진짜, 민폐라니까."

무겁고 딱딱한 물건―아마도 컴퓨터나 CD 플레이어겠지― 이 든 그 가방은, 부딪히면 꽤 아프지 싶다.

"괜찮아. 혼잡하니까 어쩔 수 없지."

히와코는 서늘한 공포를 느낀다.

쇼조에게는 적 아니면 아군밖에 없는 거다. 아군 외에는 세상 모두가 적이다. 그것은 일종의 기호로 자리 잡혀 있고, 때문에 재론할 여지가 없다. 히와코는 암담한 심정이 된다. 그렇지만 바로 지금, 이 덩치 크고 민폐쟁이에 사람을 겁나게 하는 만년 청년은, 혼잡한 인파 속에서 자신을 지켜주려 하지 않은가.

로맨스카에 올라 자리를 찾아 앉았을 때 이미 히와코는 피로를 느꼈다. 창틀에 햇살이 반사되어 눈부시다. 쇼조는 옆에서 부스럭부스럭 소리를 내며 먹을거리를 꺼내고 있다.

어째서일까. 히와코는 생각한다. 어째서 나는 이 사람과 있으면 이렇게 피곤해져 버릴까. 예를 들어 일터에서라면, 아무리 바빠도, 싫은 손님이 와도, 예사로 넘길 수 있는데.

"자."

꼭지를 딴 캔맥주를 건네받았다.

"고마워."

대답하고 나서 캔을 맞부딪치자, 화려한 로고가 찍힌 맥주캔에 햇살이 반사되었다.

오후 늦게 하코네 유모토 역(온천 거리로 유명하다_옮긴이)에 도착했다.

"덥다."

로터리에 서서 히와코는 팔을 들어 해를 가린다. 여관까지는 버스를 타고 간다. 숱하게 있는 여관을 하나씩 지나며, 조금씩 손님을 내려주고 산길을 올라가는 소형버스다. 처음에는 사람이 꽉 차서 조수석까지 차지하고 빠듯하게 앉아서 간다. 나이 든 사람들로 이루어진 소규모 그룹이 대부분이지만, 한 대에 한 팀 정도는 젊은 직장 여성풍의 그룹이 섞인다.

"우리, 이 버스 안에서는 항상 젊은 순으로 두 번째네."

히와코가 말했다.

늘 묵는 여관이건만, 현관의 분위기도 여주인의 인사도 히와코는 도무지 익숙해지지 않는다. 체구가 자그마한 지배인이 두 사람 몫의 짐을 빼앗듯이 들고 가는 것도.

산이 보이는 3층 방으로 안내받는 동안 쇼조는 언짢은 사람처럼 입을 꾹 다물고 있다.

"봐봐. 예쁜 꽃이 장식돼 있네."

라느니,

"여기는 정말 청소가 잘돼 있어."

라느니, 말을 하는 건 그러니까 히와코의 역할이다. 종업원에게서 대중탕에 대한 설명을 듣는 것도, 저녁 식사 시간과 기타 요구 사항을 전달하는 것도.

쇼조는 회사 생활을 하는 데다 출장이니 골프 여행 같은 것도 간혹 다니곤 하니까 적어도 나보다는 이런 것에 익숙해져도 좋으련만. 히와코는 생각한다. 팁을 건넨다는, 히와코 생각으로는 당연한 행위도 쇼조는 고집스레 하지 않는다.

"시원하다."

둘만 남자, 히와코는 청결한 다다미에 발을 뻗고 고양이가 목을 가르릉거리듯 말했다. 방 안 분위기가 금세 평소처럼 느껴진다. 마음 편한, 쓸쓸한, 홀가분하고 무료한 느낌.

쇼조가 컴퓨터를 가지고 놀기를 기다렸다가 히와코는 산책에 나섰다. 여관의 나막신을 꿰어 신고, 팔다리에 벌레 쫓는 약을 바르고서.

좁은 길을 골라 걷는다. 그편이 집에서 멀리 나와 있다는 느낌이 들어서다. 양옆에 풀이 껑충 자라 있다. 소형버스 종점에서 가까운 이 여관 주위는 흙과 나무와 풀과 벌레와 먼지투성이 길 이외에는 아무것도 없다.

히와코는 자신의 보폭이 커지고 있음을 깨닫는다. 이미 저녁 무렵인데 하늘은 아직 파랗다. 손을 뻗어 풀이파리를 만지면서 작은 소리로 노래를 불렀다.

이입-을 크게 벌-리고서-, 노래해보-아요 아이아이아-이, 그-노래 멀리멀리 울려 퍼-져서-, 누군가의 마음과 인사하네요. 아아아- 좋-아라- 노래란- 아이아이아-이, 세상 가득 가득 가-득히 랄라 울-려- 퍼-져-라-.

쭈그리고 앉아 무당벌레를 바라보았다. 무당벌레는 팔에 날아와 앉기라도 하면 비명을 지를 만큼 무섭지만, 이렇게 바라보고 있는 한은 귀엽다고 히와코는 생각한다. 머리 위로 파르스름한 잠자리 두 마리가 가로질러 갔다.

일어나서 스커트에 묻은 먼지를 털고 다시 걷기 시작한다.

자알 찾아와 주었군요-. 정말이지 반가워요, 자알 찾아와 주었군요-, 자아 자아 앉아요-.

느긋한 기분에 노래가 절로 입을 타고 나오는 건지, 왠지 불안해서 부르는 건지 히와코 스스로도 판단이 서지 않았다. 아마도 양쪽 다일 거라고 생각했다. 느긋하고, 불안한 것이다.

조금 위쪽을 바라보며, 여리지만 시원한 저녁 산바람을 코와 이마로 맛본다.

사실 나는 외톨이가 아닐까. 문득 그렇게 느꼈다. 쇼조라는 남편은 가공의 인물이고, 여관에 돌아가면 방은 텅 빈 채 히와코의 짐만 하나 오도카니 놓여 있다. 도쿄에 돌아가도 그 맨션은 없고, 그 자리에는 다른 집이나 건물이 서 있지 않을까.

히와코는 그 생각을 거의 믿을 뻔했다. 너무나 자연스럽게 여겨졌다. 그 외에는 전부 부자연스러운 것인 양.

발길을 돌려 온 길을 되돌아가기 시작한다. 시야 끝에 해바라기가 대여섯 송이 산 채로 말라 갈색으로 시들어 있는 모습이 비쳤다.

여관방에 쇼조가 있다는 건 알고 있었다. 알고 있으면서도 걸음을 재촉했다. 마치 의심하고 있는 양.

의심은 엘리베이터를 타고 3층에 올라갈 때까지 히와코에게 들러붙어 있었다. 검붉은 융단이 깔린 엘리베이터 홀에 내려서는 순간까지. 다음은 방문을 열 것까지도 없이, 마치 여관 안의 어둑함과 에어컨의 냉기가 히와코를 현실로 도로 데려다놓은 것 같았다.

"다행이다."

무심코 입 밖에 내어 말하고는, 바보스럽다는 생각에 얼굴을 찌푸린다. 찌푸린 후, 그래도 마음이 푹 놓이면서 기쁨이 복받쳤다. 쇼조가 있어서가 아니라, 그 사실을 '다행이다'라고 여겼다는 것에 대하여―.

"다녀왔어."

목소리가 상기되었다. 쇼조는 컴퓨터를 켜놓은 채 TV를 보고 있다.

"잠자리가 있었어. 게다가 나비도. 주차장 옆에는 칸나가 가득 피었더라."

응, 하고 쇼조는 대답한다.

"아직 환하지만 바람이 기분 좋더라."

벗어놓은 쇼조의 양말을 주워 가져온 비닐봉지에 넣는다.

"목욕하러 가자. 이제 곧 저녁 식사 나올 시간이니까."

히와코는 자신이 들떠 있음을 깨닫는다. 응, 하고 말할 뿐 움직이지 않는 쇼조를 보고도 화가 나지 않았기 때문이다.

"안 갈 거야?"

"가."

그렇게 말하고 여전히 꼼짝 않는 쇼조의 길게 누운 육체를, 어쩐지 처음 보는 동물처럼 바라본다. 이 사람은 점점 커진다.

"나, 먼저 간다."

점점 커지고, 점점 불가사의해진다.

"응."

"목욕하러 갈 때, 열쇠는 프런트에 맡겨두고."

"응."

마지막 말은 남편의 몸을 흔들면서 말했다. 중요한 사항은 강조해서 말하지 않으면 귀담아듣지 않기 때문이다. 귀먹은 할아버지 같다고 히와코는 생각한다.

다시 슬리퍼를 신고 방으로 돌아가 문고본을 집어 들었다. 만약을 위해.

"어라. 빨리 왔네?"

방금 목욕을 마친 말쑥한 얼굴로 쇼조가 돌아왔을 때, 히와코는 복도에서 문고본을 읽고 있었다.

"열쇠, 프런트에 맡겨두라고 했잖아."

"내가 먼저 올 것 같아서."

쇼조가 우물거리며 말한다. 열쇠로 문을 열고 방에 들어가더니,

"빨리 왔네?"

라고 되풀이한다. 그것이 쇼조 나름의 사과임을 히와코는 알고 있다. 그래서 어찌할 바를 모르고 만다. 계속 화를 내는 건 어른답지 못하고, 그럴수록 슬퍼질 뿐이니까.

"그만 됐어."

그래서 그렇게 말했다.

"그래도, 책이 있어서 다행이었네."

어이가 없어 할 말을 잃고, 곧이어 히와코는 웃음을 터뜨리고 만다. 쿡쿡, 그리고 깔깔.

히와코 생각이지만, 웃는 것과 우는 것은 닮았다.

"아아, 우스워라."

내미는 컵을 받아들자 쇼조가 맥주를 따라주었다.

"우스워?"

"우스워. 책이 있어서 다행이었다는 당신 말, 우스워."

히와코는 눈가에 맺힌 눈물을 닦는다.

"아아, 한참 웃었네."

작은 컵에 따라진 액체는 금세 없어졌다.

"맛있다. 병맥주가 캔맥주보다 맛있다니까."

게다가 말도 못하게 배가 고프다. 창가의 등나무 의자에 앉아 산을 바라본다.

이걸 다 어떻게 먹나 싶을 만큼 갖가지 요리가 테이블 가득 차려져 있다. 유카타 차림에, 방금 목욕을 마친 상기된 얼굴로 마주 앉아 식사를 한다는 것이 히와코는 왠지 모르게 어색하다.

처음으로 남자와 둘이서 여관에 묵었을 때, 이 멋쩍은 기분은 자신들이 아직 어리고 미혼이기 때문일 거라고 히와코는 생각했다. 그때도 지금처럼 히와코 옆에 밥통이 놓여 있었다. 그 남자와는 헤어지고 꽤 긴 세월이 흘렀다. 그는 히와코를, 이름이 아닌 성에 씨자를 붙여서 불렀다. 운동을 좋아하는 사람으로, 히와코를 산이며 바다며 데려가고 싶어했다. 그때 히와코는 여관에서 식사하기가 부끄러운 건 부부도 아닌데 부부 취급을 받기 때문이라고 여겼다.

"이건 뭐지?"

쇼조가 묻는다.

"생선 알이야. 젤리처럼 굳혀놨네."

"이건?"

"글쎄. 무슨 생선 살 다진 것 같긴 한데."

대답할 때까지 쇼조는 젓가락을 대지 않는다.

"먹어보면 알 텐데."

응, 하고 대답해놓고 쇼조는 이내 국그릇의 뚜껑을 집어 들며 물었다.

"이건 뭐지?"

거기에는 대답하지 않고, 히와코는 말했다.

"부부끼리도 부끄럽구나."

버터로 지진 쇠고기를 입에 넣는다.

"뭐가?"

"여관 밥."

"아아, 응."

"왜 그런 것 같아?"

침묵이 생겨났다. 히와코는 국을 훌훌 마시고, 된장 바른 흰살 생선을 쑤석인다. 기침약 시럽 용기 같은 컵에 매실주가 들어 있다는 걸 알고 그것도 쭉 들이켰다.

"밥 퍼줄까?"

"응."

"그러니까, 어째서 그런 것 같아?"

밥공기를 내밀면서 묻자, 쇼조는 이상하다는 듯한 표정으로 물었다.

"뭐가?"

히와코는 자신의 어리석음에 한순간 놀란다. 배워도 배워도 자꾸만 잊어버린다. 이 사람에게는 내 말이 통하지 않는데.

"됐어. 아무것도 아냐. 그리고 국그릇에 든 건 도미야."

미소 지으며 대답한다.

"아아, 도미야?"

악의라곤 하나 없는 목소리였다. 완전히 안심한 어린아이 같은.

어째서일까. 어째서 이 사람은 내 말을 이렇게 곧이곧대로 믿는 걸까. 말은 통하지 않는데, 어째서, 무엇을, 믿어버린 걸까.

"내일, 맑으면 좋겠다."

뭐라도 말하지 않으면 그만 울어버릴 것 같아서, 히와코는 말했다.

"잠깐 역 근처 산책할래?"

내일이면 다시 일상의 장소로 돌아간다. 그렇게 생각하니 기뻤지만, 한편으론 이대로 쇼조와 둘이서, 아는 사람 하나 없는 곳에 머물고 싶었다. 부유(浮遊)와 고립 사이 같은 곳에 둘이서 계속 있고 싶었다. 서로 이외엔 모두 적이라고 여길 수 있다면 좋을 텐데, 하고 바랐다.

깊은 밤, 다시 한 번 온천욕을 했다. 열쇠는 히와코가 챙기고 30분 후에 자동판매기 옆에서 만나기로 했다.

남탕과 여탕이 바뀌어 있고(일본에서는 남탕, 여탕을 수시로 바꿔가며 사용하는 것이 일반화되어 있다_옮긴이), 히와코는 널찍한 탕 안에서 곰곰이 생각한다. 저녁에 쇼조는 이 욕조의 어디쯤에 들어앉아 있었을까. 나라면 이 위치— 뜰로 난 오른쪽 가장자리—를 선택하겠지만, 쇼짱은 좀 더 정면일지도 모른다. 정면 중앙, 어깨까지 잠겨 겨우 하늘이 보일 만한 위치. 그런 식으로 어림짐작했다.

여관에 있을 때 멋쩍은 이유를 히와코는 이제 알고 있다. 옆에 팔받침이 놓인 좌식 의자와, 옆에 밥통이 놓인 좌식 의자. 멋쩍은 이유는 어엿한 부부처럼 취급받기 때문이다.

철썩 물소리를 내며 탕에서 일어선다.

몸차림을 정돈하고 자동판매기 자리로 간다. 전신주 같은 사람 그림자가 보이고, 놀랍게도 헤어졌던 연인과 재회한 듯한 기쁨이 끓어오른다.

히와코는 만약을 위해 살짝 가지고 나왔던 문고본을 유카타 옷깃 언저리에 밀어 넣는다.

스티커

 얼음을 띄운 냉녹차와, 잡지에서 보고 간단할 것 같아서 만들어본 트라이플(포도주에 적신 스펀지케이크에 잼이나 생크림을 발라 먹는 영국식 디저트_옮긴이)을 간식거리로 내놓았다. 4인분. 여름이 끝나갈 무렵에 찾아온 손님은 히와코의 학창 시절 친구 둘과, 그중 한 친구의 어린 딸이다. 이름은 아즈사라 아즈짱이라 불리고, 스스로도 본인을 그렇게 부르는 세 살배기 아이는, 낯선 장소에 데려다놓은 개나 고양이처럼 실내를 빙빙 돌아다니고 있다. 희고 통통한 맨발로.
 "넘어질까 무섭네."
 히와코가 말했다. 아이의 움직임을 좇느라 다른 데로 시선을 돌릴 수가 없다. 머리가 너무 커서 균형이 안 잡혀 보이는 데다 발을 떼는 속도가 묘하게 빨라서, 넘어지지 않더라도 자칫 무언가—책상 모서리나 TV 따위—에 부딪혀 자빠질 것만 같다.

"괜찮아."

'아즈짱'의 엄마인 시모다(결혼 전 성은 오오우라) 치나미가 말하고, 햇볕에 그을린 피부에 마스카라만 듬뿍 칠한 얼굴로 웃음 짓는다. 길고 까만 머리칼을 빗어 올리는 손가락도 손도 팔도, 가늘지만 다부지고 근육질이다.

학교 때나 지금이나 달라진 게 없는데. 히와코는 생각한다. 졸업하고 20년이면, 누구든 나이 들어 보이게 마련이고 치나미도 나이에 맞는 용모를 하고 있다. 그런데도 변함없다는 생각이 들고 만다. 마치 지금처럼 나이 들 거라 예정되어 있고, 주변 사람들 누구나 그것을 알고 있었던 양.

그런 식으로 생각하며 히와코는 미소 지었다.

"그래도 용케 셋이나 키우다니, 존경스럽구나."

가니에(결혼 전 성은 스즈키) 요우코가 말하고 나서 히와코에게 동의를 구하듯 그렇지? 하고 말을 걸었다.

"그러게."

히와코는 맞장구를 친다. 그러나 사실 아이가 셋인 치나미를 아이가 하나뿐인 요우코 이상으로 존경할 리는 물론 없고, 양쪽

다 힘들긴 마찬가지이겠거니 생각한다.

세 사람이 한데 모이는 건 일 년 만이었다. 또 한 사람 올 예정이었던 독신인 친구는, 급한 일거리가 생겨서 못 오게 되었다.

"열심히 산다, 그 애도."

그 친구를 두고 치나미가 그렇게 말했을 때, 히와코는 생각했다. 우리가 서로를 칭찬하거나 존경하는 투로 말을 하게 된 것은 언제부터일까. 더불어 이런 생각을 하면서 드는 위화감에 쓸쓸함이 섞여 있다는 것을 의식한다.

"하지만 진짜 일 때문일까."

요우코가 짓궂은 말투로 말한다.

"전화해보자."

라며. 히와코도 치나미도 웃었다. 뭐냐는 둥 그만하라는 둥, 말로는 나무라는 척했지만, 전화를 걸어보고 싶은 마음이 뭉글뭉글 피어올랐다. 마음속이 아니라, 세 사람 사이에.

그 친구는 정말로 회사에 있었다. 적어도 본인은 그렇게 주장했고, 전화 목소리나 주위 분위기를 보아 거짓말은 아닌 것 같았다. 세 사람은 번갈아 수화기를 주고받으며 와자지껄한 목소리로 인사를 건넸다. 아직 안 끝났느냐는 둥, 적당히 마무리하고 오라는 둥.

"무리한 소리 하지 마. 너희들, 대낮부터 술이라도 마시는 거니?"

친구의 목소리에는 쓴웃음이 섞여 있었지만, 성가셨을 거라고 히와코는 생각한다. 하지만 동시에 밝고 활기찬 기분이 들면서 뭐 어떠랴, 싶었다. 다른 두 사람도 같은 마음인 듯 전화를 끊고 나서도 여전히 유쾌해 보였다.

"차 한 잔 더 마실게."

요우코가 말하고 냉장고를 열었다.

"아, 나도."

치나미가 유리잔을 들어 올리며 재촉하고, 히와코는 문득 그리움에 젖는다. 먼 날의, 우리의 공기.

"맞다, 아까 너희가 사온 배 깎아올게."

밝고 활기찬 기분 그대로 말하고 부엌에 섰다. 그리고, 그럴 때—자신의 마음이 스무 살의 나날로 돌아가려 할 때—면 언제나 그렇듯, 움츠러들 정도로 불안하여 쇼조가 보고 싶어진다. 그 마음은 히와코를 거의 기겁하게 만든다. 쇼조 생각 따위 전혀 하지 않는 순간에, 혹은 쇼조가 히와코의 의식과 인생에서 사라진

순간에—.

 이치에 맞지 않다고 히와코는 생각한다. 이런 건 전혀 이치에 맞지 않아. 쇼조를 만나기 이전의 자신의 인생. 그리운, 먼, 그리고 무해한. 그러나 히와코는 그것을 가능한 한 빨리 억누르려 한다. 그렇게 하지 않으면 쇼조를 잃어버릴 것만 같은 기분이 든다.

 시선이 느껴져서 보니 발치에 아즈짱이 서 있었다. 아무 말 없이 히와코의 얼굴을 뚫어져라 보고 있다.

 "왜에?"

 웃는 얼굴을 지을 생각이었는데, 목소리는 속삭임에 가까웠고 웃는 표정도 사뭇 겉치레에 가까웠다. 아즈짱은 자박자박 발소리를 내며 엄마 곁으로 갔다. 히와코는 피로를 느낀다.

 쇼조는 좀 전에 통화한 친구와 마찬가지로 회사에 가 있다. 거의 없는 휴일 출근이지만, 그리 늦지는 않을 거라고 했다.

 빨리 돌아와주면 좋으련만.

 마치 애타게 기다리고 있는 듯이, 그렇게 생각했다.

 "히와코, 아무개라는 이름의, 니가타 출신 애 기억하니? 졸업하고 극단에 들어간 애."

"왜 있잖아, 일자 단발머리에 차분해 보이던."
친구들은 이제 완전히 풀어져 있다.
"기억은 나는데, 이름까지는 생각 안 나. 그 애가 어쨌는데?"
"그게 말야."
치나미가 이야기를 시작한다. 기치조지의 바에서 누군가가 그 애와 마주쳤는데 어떻더라느니, 그 애의 남편이 전화방인지 단란주점 같은 걸 한다느니 뭐라느니.
"어머.", "그래서?" 하고 뒤를 재촉하는 말을 간간이 섞어가며 히와코는 지금 상황이 그것과 닮았다고 생각한다. 판박이다. 일 년에 두세 차례 얼굴을 내미는 자신의 친정에서 부모님과 이야기하다 갑자기 느끼는 알 수 없는 초조함. 그런 느낌은 늘 갑작스럽게 찾아온다. 그리고 일단 그런 느낌이 들면 수습이 안 된다. 초조, 불안, 의지할 곳 없는 기분. 쇼조에게 돌아가 안정을 되찾고 싶다고 느낀다. 혹은 빨리 쇼조를 만나고 싶다고.
저녁 무렵. 녹차의 얼음은 녹아 없어진 지 오래다.
"깜짝 놀랐다니까. 부창부수랄 수도 있겠지만."
요우코가 자신의 익살에 소리 없이 웃으며 아삭아삭 소리 내어 배를 씹는다.

홀연히, 정말로 홀연히 히와코는 이해한다. 나는 쇼짱이 있을 때보다 없을 때 더 그를 좋아하는 것 같다.

그것은 발견이었다. 스스로도 믿기 어려운, 그리고 털끝만큼도 의심할 여지 없는―. 그 발견에 히와코는 큰 충격을 받았다. 충격을 받았지만, 왜 그런지 납득이 갔다.

히와코는 자기 자신이 싫어진다. 싫지만 발견하고 말았다. 그리고 이 일은 친한 여자 친구들한테는 물론 쇼조에게도 말할 수 없다. 그런 생각이 들자 어찌할 바를 모르게 된다.

쇼짱에게 말할 수 없는 일.

지금 히와코에게는 사물이 또렷하게 보인다. 쇼조라는 필터를 통하지 않고 사물을 볼 때의 갑작스럽고도 놀랄 만한 명석함에 힘입어.

그러자 앞뒤가 기분 좋게 딱 들어맞았다. 트라이플이 혀에 닿는 사르르한 촉감. 아까부터 자신이 쇼조를 보고 싶다는 생각에 빠져 있다는 것. 여자 친구들의 한없는 수다와, 강렬하리만치 변함없는 모습, 또한 그러한 것들이 자신을 불안하게 만든다는 것.

진실만이 가질 수 있는 유연함이 히와코의 기분을 한층 가뿐하게 만들어준다. 그런가, 그런 거였나. 나는 남편과 같이 있을 때보다 떨어져 있을 때 더 남편을 사랑하고 있는 거다.

"그야 역시 볼쇼이 서커스지."

볼쇼이 서커스? 히와코는 자신이 화제를 놓쳐버렸다는 것을 깨닫는다. 치나미도 요우코도 기치조지에서 마주친 아무개에 대한 이야기는 이미 접은 듯하다.

가공의 남편. 그 발상에 히와코는 으스스한 슬픔을 느낀다. 하지만 자신은 현실의 남편보다 가공의 남편에게 더 많이 보호받고, 더 많이 의존하고 있는 듯하다.

세 사람은 모여도 서로 남편 이야기는 하지 않는다. 셋 다 암묵적으로 그런 건 없다는 얼굴을 한다. 재미있는 일이라고 히와코는 생각한다. 예전에는 모이기만 하면, 그와 같은—혹은 다른—남자들에 관한 이야기를 재잘대곤 했는데.

"배가 달아서 다행이다."

치나미가 히와코를 보며 말한다.

"종류가 여러 가지라, 뭐가 좋은지 잘 몰라서 망설였거든."

어떻게 대답해야 좋을지 몰라, 히와코는 접시로 손을 뻗어 하나 집어 먹는다. 여자 친구들이 사가지고 온 배를.

조금 전까지 집 안 여기저기를 조사하듯 돌아다니며 욕실에 화장실까지 들여다보던 아즈짱은 바닥—그것도 테이블 밑—에 털썩 주저앉아 얌전히 놀고 있다.

"혹시 몰라서, 저 좋아하는 만화영화 비디오테이프까지 넣어 왔어."

치나미의 말마따나 아즈짱은 일박 여행이라도 왔나 싶게 큼직한 토트백에서 인형이니 색칠 공부니 크레용에 기차에 그림책에 미니어처 티세트 따위를 한도 끝도 없이 끄집어내서는 늘어놓았다가, 무슨 생각에서인지 도로 집어넣었다가 하고 있다.

"손이 안 가는 애네."

요우코가 툭 하니 감상을 말한 순간, 아즈짱은 기차를 손에 든 채 엄마의 장딴지에 매달렸다.

"그렇지도 않아. 이래서 까다롭다니까."

말하면서 치나미는 아래로 손을 뻗어 능숙하게 딸을 무릎 위로 끌어올린다.

"괜찮아?"

갑자기 열이라도 난 듯 시들시들해서는 엄마와 마주하는 자세로 허벅지에 앉아, 기댄다기보다 딱 달라붙듯 제 엄마에게 밀착해버린 아이를 보고 히와코가 물었다.

"괜찮아. 졸린가봐."

앞의 말은 히와코에게, 뒤의 말은 무릎 위의 딸에게 하는 대답이었다.

"귀엽네."

히와코는 미소 지으며 중얼거렸다.

손님들이 가고 나도 쇼조는 들어오지 않았다. 갑자기 휑해진 실내는 평소 모습과 다름없어지고, 그렇게 되고 나니 쇼조가 빨리 들어와 주길 바라던 마음도 가시고 말았다.

히와코는 손님들이 사용한 그릇을 정리하고, 저녁 준비를 했다. 자신과 쇼조, 둘만의 식탁.

창밖은 어느새 땅거미가 짙게 내려앉아 있다. 히와코는 힘차게 커튼을 닫고, 잠시 망설이다 다시 한 번 커튼을 젖혔다. 아직 괜찮다. 조금만 더, 아마도 빨래를 개킬 동안만.

낮에 돌려두었던 세탁 건조기에서 빨래를 꺼내 침대에 펼쳤다. 히와코는 빨래 개키는 일을 좋아한다. 한 장씩 정성껏 개킨다. 쇼조가 없는 방 안에서 쇼조의 옷가지를 대한다는 것이 기쁘고 행복한 일로 느껴졌다. 실물의 쇼조를 대하는 것보다도.

우스운 생각이 들어서 히와코는 쿡쿡 웃는다. 쿡쿡 웃으면서 즐겁게 사랑스러운 마음으로 빨래를 개킨다. 어둑어둑한 방 안에서.

"아즈짱, 벌써 세 살이야. 말도 아주 잘하던걸."
집에 들어온 쇼조에게 히와코는 그렇게 보고한다.
"치나미랑 요우코도 하나도 안 변했어. 옛날부터 멋쟁이였는데, 지금도 여전해."
쇼조는 맞장구조차 생략하고 물었다.
"밥, 뭐야?"
"생선. 아침에 면도 안 했어?"
쇼조는 워낙 수염이 많이 나지 않는다. 본인도 그 점을 잘 알고 있어서 가끔 면도를 생략하고 나간다.
"밤이 되면 까칠해 보여."
쇼조는 응, 하고 대답했다.
"피곤해 보이네. 바빴어? 목욕물 받아놨는데, 먼저 할래?"
쇼조는 대답 대신 티셔츠와 트렁크 팬티 바람으로 TV를 켠다.
"덥다."

그렇게 말하고 소파에 드러누웠다. 리모컨 버튼을 누르고 연방 채널을 바꾸는 모습에서 히와코는 아즈짱을 떠올린다. 묵묵히, 라고 할 정도의 열의는 아니고 오히려 멍하니, 하지만 이렇듯 한마음으로 아즈짱은 바닥에 기차를 굴려대고 있었다.

"골프 연습장 들렀다 왔어."

TV 화면에 눈을 고정시킨 채 쇼조가 말했다.

"혼자서?"

"응."

"그랬구나."

대답하고 나서 히와코는 자신이 안심한 건지 화가 난 건지 종잡을 수 없게 된다. 일요일이니까―. 속으로 생각한다. 일요일이니까, 일뿐 아니라 골프도 할 수 있었던 편이 쇼짱에게는 좋았으리라.

"잘했네."

그래서 그렇게 말했다.

"맥주 마실래? 아니면 먼저 목욕하고 싶어?"

쇼조가 또 "응."이라고 대답했기에 히와코는 그만 웃음을 터뜨리고 만다.

"뭐야? 왜 웃는데?"

"그게 말이지, 쇼짱."

설명하려다 입을 다물었다. 너무 어이가 없어서. 히와코는 웃으면서 고개를 옆으로 젓는다.

"미안. 당신한테 두 가지 질문을 하면 안 된다는 걸, 그만 깜박했지 뭐야."

비아냥을 담아 말했다.

"뭐?"

쇼조는 멍하니 입을 벌리고 있다.

"맥주 마실래?"

"응. 그리고, 생선이지?"

제대로 듣고 있었다고 증명할 심산인지 쇼조는 그렇게 덧붙였다. 그러고 나서 식사를 했다. 애타게 기다리던 물체, 애타게 기다리던 기묘함. 조금 전보다 부엌의 온도와 명도가 높아진 느낌이었다. 이 사람은 대체 어쩜 이리도 우악스럽게 집안의 조화를 흩트려놓고 마는 걸까. 히와코와 히와코의 쇼조 둘이서 모처럼 쌓아올린 분위기인데.

히와코는 불만을 핑계 삼기를 즐기고 있는 자신을 발견한다.

역시, 진짜 쇼조가 있으면 이 집은 갑자기 시끌벅적해진다. 쇼조는 떠들고 있지 않은데, 쇼조의 존재 자체가 고요함을 눈에 띄게 어지럽히는 것이다.

불협화음. 하지만 그것은 단조로운 화음과 견주어 얼마나 매력적인가.

"화장실의 그거, 뭐야?"

거실에서 쇼조가 말한다.

"그거라니?"

히와코는 냉장고에서 꺼낸 언두부에 꼬투리째 깍지콩을 섞으면서 되물었다. TV 소리에 지지 않게 큰 소리로.

쇼조는 대답이 없다.

"그거라니?"

얼굴을 내밀고 다시 한 번 물었지만, 남편은 이미 TV에 정신이 팔려 있었다. 어이가 없다기보다 흠칫 놀란다. 히와코는 하루에도 몇 번씩 놀란다.

원예점에서 같이 일하는 젊은 남자에게 들었던 말이 갑자기 떠올랐다.

히와코 씨는 남편분한테 차가운 타입이죠?

엄청나게 많은 화분을 함께 옮기면서, 남자는 히와코에게 그런 식으로 말했다.
 와 – 하고 퍼붓거나, 울거나 때리거나 하지 않으시죠?
 물론, 안 그래요.
 제 여자 친구는 그러거든요.
 말도 안 돼, 하면서 히와코는 웃었다. 웃었지만, 눈앞의 남자가 연인의 그런 행동을 옳게 여기는 듯하여 조금은 아픔 비슷한 것을 느꼈다. 아주 조금.
 생선 구워지는 냄새가 난다.

 '그거'란 스티커였다. 히와코는 식탁을 차리다 말고 그것을 보러 갔다. 화장실 구석의 작은 세면대, 그 정면에 보이는 작은 거울, 그 거울의 오른쪽 아래 귀퉁이에 스티커 세 개가 한데 붙어 있었다. 플라스틱은 아니고 종이로 만든 스티커였다. 녹색 머리카락의 벌거벗은 아이(천사 혹은 천둥신인지도 모른다)와 윙크하고 있는 까만 고양이, 그리고 빨간 냄비.
 이런 곳에 어떻게 붙였을까. 아즈짱의 키를 떠올리고, 히와코는 고개를 갸웃거린다. 변기 위에 올라가 몸을 앞으로 내밀었을까, 아니면 손을 한껏 위로 올리고 껑충 뛰어서 붙였을까. 어찌 됐든 그것은 그 자리에 조그맣게 찰싹 달라붙어 있다.

히와코는 스티커에서 눈을 뗄 수가 없다. 빨간 냄비와 검은 고양이와 녹색 머리의 아이.

그것들은 거기에 있어선 안 되는 것이자, 거기에 있으면서 다른 장소 혹은 다른 세계에 속해 있는 것들이었다.

낮에 부엌에서 히와코를 응시하던 아즈짱의 순순하고 곧은 시선을 떠올린다.

"스티커였구나."

밝은 목소리가 나왔다.

"눈치 못 챘는데, 어느 틈에 아즈짱이 붙여놓았네."

식탁을 차리면서 설명한다.

"떼어낼까 했지만, 차마 못 떼겠더라. 너무 귀여워."

거짓말은 아니었지만, 완전한 진심도 아니었다. 스티커를 만지려니 왠지 겁도 나고, 떼어내자니 서운한 마음도 들었다.

"당분간 붙여놓아도 상관없겠지."

"상관없어."

그렇게 대답하고 쇼조는 식탁에 앉았다. 맥주를 서로 따라주고, 유리잔을 맞댄다.

　이때 히와코는 예상조차 못했지만, 여자 친구들은 물론 쇼조에게도 말할 수 없다고 생각했던 자신의 발견을, 그 명백하고 되찾을 수 없는 감각을, 이날로부터 스티커를 떼어내고 자국을 닦아내는 날까지, 화장실에 들어갈 때마다 떠올리게 되었다.

 막(膜)

 다카다이의 구식 호텔 내 맥주홀은 유리벽이 둘러쳐져 있어서 온실이 연상된다. 좁은 공간이 오히려 유리하게 작용하여 나무들의 짙은 녹음이 손에 잡힐 것만 같다.
 쇼조는 가든 체어풍의 금속 의자에 깊숙이 눌러앉아 생맥주잔을 기울이고 있다. '피서 모임'이라 칭하고 이곳에 떼 지어 모인 열한 명 중에서, 쇼조는 두 번째로 나이가 많다. 20대에 섞여 나이 차이 없는 듯이 행동하기에는 무리가 있고, 그렇다고 해서 연상입네 하기에는 관록이 달린다.
 회사에서 쇼조는 애처가로 통한다. 술자리가 질색이라 오늘 밤 같은 모임을 가능한 한 피하고 곧장 귀가할 때가 많기 때문이다. 술자리를 피하면 왜 애처가라 불리는지, 쇼조는 도무지 이해할 수가 없다. 그렇다고 반론할 만한 일도 아닌 것 같아 잠자코 있을 뿐이다.

무더운 밤이다. 한 번 사용한 물수건으로 다시 한 번 팔을 닦아본다.

'불안'이라는 단어가 문득 귀에 들어왔다.

"불안?"

옆을 돌아보며, 동그란 얼굴에 쇼조 눈에는 비교적 귀여워 보이는 젊은 여자— '하야시'가 그녀의 이름이다—에게 되묻는다.

"네. 뭐랄까, 잘은 모르겠지만, 불안. 부장님은 그런 거, 없으셨어요?"

"흐음. 그야, 없지는 않았겠지."

쇼조의 대답에 하야시 아무개는 납득한 듯 고개를 끄덕이며, 그래요, 하고 중얼거리고는 얇게 썬 소시지에 젓가락을 뻗었다. 그녀는 가을에 결혼할 예정이니, '불안'이란 아마도 결혼 또는 신랑 될 남자하고 얽힌 무언가의 이야기 끝에 나온 말이리라. 쇼조는 그렇게 짐작해본다.

조금 떨어진 자리에서 '헬싱키'라는 단어가 들려왔다. 여름휴가를 이용해 해외에 다녀온 사람의 추억담인 모양이다.

여기서도 저기서도 누군가가 무언가를 이야기하고 있다. 막

(膜). 쇼조는 마음속으로 중얼거린다. 쇼조에게는 옛날부터 그 감촉이 있다. 자신과 세계 사이에 눈에 보이지 않는 막이 있다는 감촉. 그 때문에 어디에 있든, 본래 있어야 할 곳이 아닌 장소에 와 있다는 느낌이 들어 견딜 수가 없다. 그러한 위화감은 중학생 무렵, 마음에 싹튼 이래 늘 있어왔고, 이제는 완전히 몸에 배어서 그 마음 불편함이 일종의 자기 증명처럼 여겨진다. 어디에도 속하지 않았다는 사실로밖에 지켜질 수 없는 것.

큰 잔이었는데 싹 비우고 말았다. 한 손을 들어 종업원을 부르고, 주위 사람에게도 더 마시라고 재촉한다. 삶은 깍지콩을 하나 집어 비틀어 까 먹었다.

"여기, 교회라네요."

테이블 너머 맞은편에서, 역시 깍지콩을 까서 입에 넣은 오가와라 아키라가 말했다. 이 자리에 모인 열한 사람 중에서 쇼조가 가장 가깝게 여기는 후배다.

"교회?"

작긴 해도 시끌벅적한 이 맥주홀과는 어울리지 않는 단어 같았다.

"그렇대나 봐요. 호텔에서 예식이 있을 때는 여기서 하는 모양이에요. 저도 오기 전까진 몰랐지만."

듣고 보니 유리벽 빼고는 내부 장식이 전부 하얗다. 제단이 놓일 안쪽 벽에는 스테인드글라스까지 있었다.

"헤에."

흥미 없어하는 듯한 목소리가 나왔다.

"호텔도 여러모로 궁리를 하는 거죠."

응, 하고 대답하고서 쇼조는 다시 맥주를 마신다.

"부장님 사모님은 어떤 분이세요?"

옆에서 하야시 아무개가 물었다.

"어떻다니, 글쎄."

생각하는 척했다. 유리문이 일부 열려 있어서 여린 바람이 들어온다.

"가린토(밀가루를 손가락 길이로 튀겨낸 막과자의 일종_옮긴이)를 좋아하던가."

"가린토?"

결혼을 앞둔 젊은 여자는 기뻐하는 듯한 웃음소리를 냈다.

"의외로 서민적인 분이네요."

"서민적인지 어떤지는 모르겠지만 가린토를 좋아하고, 그리고 또 뭐랄까, 얌전하지만 잘 웃는 여자라고나 할까."

쇼조에게는 이런 유의 표면적인 대화에서 진지하게 대답하는 습관은 없다. 그리고 가린토―이건 실제로 아내가 좋아한다― 어쩌고 하면서 얼버무렸지만, 뒤따르듯 입에서 나온 '얌전하지만 잘 웃는 여자'라는 구절에서는 자신이 아내에게 그런 감상을 가지고 있었나 하고 무언가 발견을 한 듯한 기분이었다.

아무튼 아내의 성질에 대해선 쇼조 자신도 속속들이 알지는 못한다. 쇼조의 성질에 대해 아내가 알기 힘든 부분이 있는 것과 마찬가지로.

바깥으로 나오니 바람이 생각 외로 시원했다. 술집의 떠들썩한 분위기 속에서는 알아채지 못했던 벌레 소리도 들려온다. 찌르르 찌르르 하며 울고 있다.

쇼조를 포함하여 남자만 넷이서 2차를 가게 되었다. 택시 승차장까지 느릿느릿 언덕길을 내려간다.

"나랑 헤어져도 쇼짱은 분명 괜찮을 거야."

지난주에 아내 히와코가 느닷없이 그런 말을 꺼냈다. 일요일이었는데, 쇼조는 히와코의 채근을 못 이겨 근처 공원에서 열린 알뜰 시장에 갔다. 두 사람이 사는 맨션 근처에 더 높은 고층 맨션이 들어설 예정이다. 거기에 반대하는 사람들의 자금 마련을 위한 알뜰 시장이라고 한다. 시장에는 옷가지를 비롯하여 식기, 스포츠 용품, 아이들 장난감, CD, 가전제품에 이르기까지 온갖 잡다한 상품이 늘어서 있었다.

이따금씩 비를 뿌리는 하늘은 흐리고 울적한 상이었다. 재미있을 것 같으니 가보자고 말을 꺼낸 사람은 히와코였는데, 정작 본인은 별반 재미있어하는 기색도 없이 아무것도 사지 않고 쇼조보다 한두 발짝 앞을 그저 걷기만 했다.

'기부 환영.'

그런 글씨가 쓰여 있는 골판지 상자를 힐끔 보고,

"왜 가타가나로 써놓은 걸까."

라고 중얼거리거나 하면서.

"사람이 많네."

히와코가 느끼는 바를 그대로 입 밖에 낼 때는 자신과 함께 있을 때뿐이라는 것을 쇼조는 알고 있다.

"사자."

멈춰 선 아내의 시선 끝에 직경 5센티미터 정도 되는 화분이 놓여 있는 것을 보고, 쇼조는 말했다. 녹색 풀이 화분 가득, 촘촘히 곧게 돋아 있다.

"왜?"

놀란 얼굴로 히와코가 돌아보았을 때, 쇼조는 벌써 주머니에서 지갑을 꺼내고 있었다. 그때는 아무 말 하지 않았던 히와코도 쇼조가 머리에 날개 장식을 단 인형 모양의 저금통을 가리키며,

"사자."

하고 말했을 때는,

"그만둬."

라고 또렷한 어조로 반대했다. 고작 몇 백 엔짜리 저금통 때문에 옥신각신할 게 뭐 있나 싶어 쇼조는 그것을 샀다. 히와코는 슬픈 표정을 지었다.

히와코는 곧잘 슬픈 얼굴을 하곤 한다. 쇼조로서는 그 이유가 짐작도 가지 않는다. 모처럼 나왔으니 뭔가 사는 편이 나을 것 같았다. 그 후로도 물건을 몇 개 더 샀더니, 히와코가 쿡쿡 웃기 시작했다. 쿡쿡 웃으며 말했다.

"나랑 헤어져도 쇼짱은 분명 괜찮을 거야."

쇼조는 대답이 궁했다. 당신 없인 못 산다고 하면 거짓말이 된

다. 그렇다고 해서 긍정할 수도 없는 노릇이었다. 히와코는 계속해서 작은 목소리로 노래하듯 가볍게 말했다.

"쇼짱과 헤어져도 나도 분명 괜찮겠지."

동요할 정도의 일은 아니다. 흐린 하늘 아래, 공원 안의 높다랗게 뻗은 느티나무 길을 걸으면서 쇼조는 자신을 다독였다. 쇼조가 생각하기에 히와코에게는 매사 크게 부풀려 생각하는 버릇이 있고, 무엇보다 그녀는 헤어져도 괜찮을 거라고 말했을 뿐, 헤어지고 싶다고 말한 건 아니다.

그날 알뜰 시장에서 산 물건들은 아내의 손으로 부엌 창가에 가지런히 놓여 있다.

2차로 간 술집은 긴자에 있었다.

네 사람 중 가장 연장자인 도미타 이사오의 단골 가게인 모양이다. 주상복합 빌딩 1층의 구석진 장소에 있다. 문을 열자 기모노 차림의 마담이 웃는 얼굴로 맞아주었고, 자리에 앉자 바로 젊은 여자 둘이 나왔다.

쇼조는 사람 많고 시끌벅적한 맥주홀도 질색이지만, 낯모르는 여자가 무릎이 맞닿을 듯이 다가앉아 쉼 없이 술시중을 드는 이런 장소는 더 고역이었다. 역시 이유를 대고 돌아가는 게 나았다. 맥주홀을 나와 언덕길을 내려가면서 자연스럽게 두세 그룹이 생겼고, 저마다 어딘가의 술집을 향했다. 그대로 집에 가겠다는 사람은 없었다. 있었다면 쇼조도 기회를 틈타 그럼 나도, 하고 쉬이 말을 꺼낼 수 있었겠지만.

여기서는 1차 때에 비해 좀 더 개인적이면서 적나라한 화제가 이어졌다. 늘 있는 일이라고, 쇼조는 씁쓸하게 생각한다. 술기운이 돌기 시작하면 너나 할 것 없이 사고가 정체되고, 그에 반비례하여 혀가 술술 풀리는 것이다. 가게 여자가 맨 먼저 자신의 과거사―어디까지가 진실인지는 신만이 알겠지만―를 한가닥 풀어내어 자연스럽게 화제를 유도하는 모양새가 되었다. 지금은 오가와라 아키라가 헤어진 아내와의 마지막 몇 달간에 대해 농담인 척 불평을 늘어놓고 있다.

화제를 놓치지 않을 정도로 띄엄띄엄 단어만 주워들으며 웃고 끄덕이고 얼버무리기도 하면서, 쇼조 자신은 이 분위기에 물들지 않도록 세심한 주의를 기울이고 있다. 막(膜). 그리고 다시, 그렇게 생각한다.

"하야시 씨도 결혼해버리는구먼."

가장 어린 남자 직원의 말에 도미타 이사오가 놀려댄다.

"뭐야, 관심 있었냐?"

아직 안 늦었을지도 모른다느니 뭐라느니. 장단 맞춰 웃으면서, 쇼조는 이유 없이 짜증이 나고 불쾌해진다. 역시 먼저 돌아가는 게 나았다.

그러나 그런 기분도 쇼조에게는 이 자리를 벗어나고 싶다는 충동에 지나지 않는다. 회사 안에서의 풍문과는 달리 아내나 가정에 마음이 쓰이는 게 아니다. 차라리 그 외의 다른 장소로 돌아가도 상관없다. 그런 장소가 없다는 걸 알면서도, 쇼조는 그렇게 생각해본다.

다른 장소. 굳이 말하자면 과거와 같은 것이었다. 회사와 가정 어디에도 소속되지 않았을 무렵에 자신이 있던 장소.

"그래서 오늘은 좀 슬펐다, 그 말이죠."

오가와라 아키라의 말투가 꽤 요상해져 있다.

"그 맥주홀이 교회라는 걸 알고 나니까, 왠지 이런저런 일들이 생각나서요."

쇼조는 그런 감정을 이해할 수 없다. 그런 감정이란, 교회를 보고 자신의 결혼식이나 그에 얽힌 갖가지 일을 떠올리는 감정이 아니라 이런 자리에서 그런 느낌을 떠들고 싶어지는 감정, 실제로 떠들 수 있을 만큼 릴랙스된 상태를 말한다. 자신에게는 있을 수 없는 일이라고 쇼조는 생각한다.
"자, 마시지."
 이런 경우 유일하게 무난한 말인 듯하여 그렇게 말하고, 재촉하는 의미로 자신도 묽어진 미즈와리(물 탄 위스키_옮긴이)를 목구멍에 흘려 넣었다. 그러나 쇼조는 어딘가에서 또 다른 자신이, 이곳에 있는 그의 일거수일투족을 비난하는 듯한 눈초리로 보고 있다는 기분을 떨쳐낼 수가 없다. 릴랙스란 그 눈을 잊어버리는─또는 무시하기로 마음먹는─일이다. 쇼조 생각에는 그렇다.

 술자리에서 빠져나오기 위한 마지막 구실은 전철 막차 시간이었고, 쇼조는 주의 깊게 그때를 기다렸다가 가게를 나왔다. 긴자의 뒷골목은 손님을 배웅하는 호스티스며 전단지를 나눠주는 청년, 노상 주차 차량 등으로 심야에도 흥청거리고 있다.
 숨을 한 번 토해내고, 쇼조는 역으로 향했다. 서두르기라도 하는 듯이.
 지하철을 두 번 갈아타고 맨션이 있는 역에 내려서자, 발걸음이 무거워졌다. 곧장 집에 들어가고 싶지는 않았다. 편의점에 들르기로 결정하고, 휘황하게 밝은 가게의 자동문을 들어섰다. 그곳은 언제나 변함없이 사람이 있고, 상품이 있다. 고작 그뿐인데 쇼조는 왜 그런지 편의점이 좋다. 아무 생각 하지 않고 있을 수가 있다. 거기에 와 있는 자신을 특별히 환영해주지도 않지만—기모노를 차려입은 술집 마담의 웃는 얼굴을 쇼조는 떠올린다—거부하지도 않는다. 회사도 가정도 없는 듯한 얼굴을 하고, 쇼조는 그저 그 안에 있을 수 있다.

　나랑 헤어져도 쇼짱은 분명 괜찮을 거야.

　잡지 코너 앞에 서서 히와코의 말을 떠올렸다. 그 말이 맞지 싶다. 주간지를 한 권 뽑아내어 훌훌 넘겨본다.

　문이 열리기 전에, 쇼조는 시야 끄트머리에서 그것을 포착했다. 매우 엉뚱한, 그곳에 있을 리 없는 것. 유리 한 장을 사이에 둔 눈앞의 길을 지나쳐 간 것은 다름 아닌 히와코였다. 마음에 드는 듯 평소에도 즐겨 입는 물색 셔츠를 입고 있다. 문이 열리고, 편의점 안으로 들어온 히와코는 곧장 사려는 물건이 놓인 자리로 가서, 그것만 손에 들고 계산대로 향했다.

　엉뚱한 것. 그렇게 생각한 자신의 감정은—이건 물론 부당한 말이라고 쇼조 자신도 생각은 했지만—자신의 소유물이 공공의 것에 섞여 들어가 있는 광경을 발견한 듯한 놀람과 불안함이었다.

말을 걸지 않고 그대로 돌아 나가 뒤를 쫓고 싶은 기분에 순간 사로잡혔다.

"히와코."

그렇게는 하지 않고 다가가서 이름을 부르자, 아내가 온몸으로 움찔하는 것이 느껴졌다. 돌아보더니, 그러나 금세 웃는 얼굴이 된다. 기대한 만큼 큰 웃음은 아니고 조용한, 마치 조금도 놀라지 않은 듯한 웃는 얼굴이라고 쇼조는 생각했다.

"깜짝 놀랐네."

히와코는 그렇게 말했지만.

"쓰레기봉투가 떨어져서 말이야. 내일 아침 내놓을 분이 모자라잖아."

하고, 카운터 위를 눈짓으로 가리킨다.

"벌써 12시가 넘지 않았어."

저도 모르게 언짢은 목소리가 나왔다.

"이런 시간에 뭘 사러 나온 거야?"

나무란다고 할 정도는 아니고, 달리 무슨 말을 해야 좋을지 몰라 그렇게 말했더니, 히와코의 미간에 희미하게 주름이 잡혔다.
"쓰레기봉투. 말했잖아?"
그런 건 보면 알아. 쇼조는 생각한다. 그런 걸 물은 게 아니다.
"쇼짱은? 뭐 사러 왔어?"
히와코는 밝은 목소리로 묻고 계산대를 떠난다.
"그냥."
대답하면서 쇼조는 무료한 기분이 든다. 손에 아직 주간지가 들려 있었지만, 살 맘은 없었기에 진열대에 도로 꽂아놓았다. 히와코는 조금 떨어져 그 모습을 물끄러미 보고 있다.
"괜찮아? 아무것도 안 사고."
밖으로 나오면서 확인하듯 그렇게 물어왔다.
"밤에는 시원하네."
넓은 길을 골라 걸으면서 히와코는 말했다.
"피서 모임은 어땠어?"
셔터가 내려진 의류 상설 할인점과 조제약국, 24시간 영업하는 비디오 대여점과 패밀리 레스토랑. 역에서 남쪽으로 뻗은 이 길을, 아내와 나란히 걷자니 기묘한 기분이 들었다. 평소 쇼조

혼자 걷는 길. 맨션에 도착해 건물 입구를 지나 현관문을 열고 나서야 비로소 히와코가 존재하는 듯한 기분이 드는 것이다, 언제나.

한숨 소리가 들려서 쇼조는 아내를 보았다.

"왜?"

히와코가 이야기하기 앞서 조그맣게 숨을 들이마셨기에, 쇼조는 아내가 화낼 거리를 억누르고 있음을 안다. 목소리에 가시를 머금지 않으려 할 때 히와코는 으레 그렇게 한다.

"피서 모임은 어땠냐고, 물었어."

어떻다 할 일도, 이야기할 만한 거리도 없었다. 그래서,

"아아, 응."

이라고만 대답했다. 병원 모퉁이를 오른쪽으로 돈다. 여름 낙엽이 보도에 잔뜩 깔려 있다.

히와코는 옆에서 낮에 있었던 일에 대해 이야기하고 있다. 고양이를 많이 기르는 할머니—아내의 이야기에 자주 등장하는 인물이다—가 어떻다느니, 최근 새로 들어온 남자애가 어떻다느니.

그것은, 예를 들면 오가와라 아키라의 이혼이나 하야시 아무개

의 결혼과 마찬가지로 쇼조에게는 흥미 없는 사항이었다. 막(膜) 바깥쪽의 잡다한 일들. 그러나 신기하게도 쇼조는 아내의 목소리에 화가 나지 않는다. 어쩐지 즐겁고, 유쾌하게까지 들린다.

"밤에도 매미가 우네."

맴맴맴, 맴맴맴, 혼신의 힘을 실어 단 한 마리가 날개를 비비대고 있는 듯한 매미 소리가 밤공기 속에서 무척 가까이 들렸다. 히와코가 조용히 웃는 기척이 났다.

"내 얘기 안 듣고 있구나."

노래하듯 말한다.

편의점에서 뜻밖에 아내와 마주쳤을 때, 자신의 소유물이 공공의 것과 뒤섞여 있는 광경을 목격했을 때와 같은 놀람과 불안함, 그 저변에 희미하지만 분명히 기쁨 같은 것이 숨어 움직인 사실을 쇼조는 인정했다. 릴랙스라고 해도 과언은 아닐, 방심해진 한순간이었음을.

"그랬더니 글쎄, 그게 식물용 영양제였던 거야."

히와코가 무언가 이야기하고 있다.

 담배

비가 내리고 있다.

어둑어둑한 사무실에서 도시락을 먹으며, 히와코는 '진실'에 사로잡혀 있다. 요 며칠 내내 머릿속에서 떠나질 않는다. 오래간만의 일이었다. '진실'에 대해선 생각해서는 안 된다고, 진작 배웠을 터였다. 벌써 몇 년 넘게 생각 않고 살아왔으니, 스스로도 이 고약한 버릇을 거의 잊어가고 있다고 여기던 참이었는데.

돌이켜보면 이 버릇은 가을 초엽부터 시작되고 있었다. 산책도 할 겸 쇼조와 둘이 공원에서 열린 알뜰 시장에 다녀오던 날. 언제나 그렇듯 쇼조는 막무가내였다. 늘 그렇듯 막무가내였고, 늘 그렇듯 다정했다. 히와코는 쿡쿡 웃으며 따라갔다. 말이 끼어들지 않는 세계로. 쇼조는 노인과 아이와 가족에 대해서만 다정한 사람임을 히와코는 알고 있었다.

개와 고양이가 먹는 풀이라는 걸 팔고 있었다. 예쁜 녹색을 띤 그 풀은 작은 화분에 심어져 있었다.

"사자."

쇼조의 말에 히와코는,

"왜?"

하고 물었다.

"우리 집에는 개도 고양이도 없는데. 난 그 풀 갖고 싶지 않은데."

쇼조는 듣고 있지 않았다. 이미 값을 치른 후였다.

"갖고 싶지 않다고 했잖아."

다시 한 번 말했다. 쇼조는 돌아서더니 빙그레 웃으며

"자."

하고, 화분이 든 비닐봉지를 내밀었다.

말귀 못 알아듣는 어린아이에게 과자를 사 안기듯이.

"사자."

다음으로 쇼조가 그 말을 꺼낸 것은, 머리에 날개 장식을 단 인형 모양의 저금통 앞에서였다.

"그만둬. 지저분하고, 얼굴도 무서워."

쇼조는 기어이 그 저금통을 샀다. 히와코는 발을 재게 놀려 물건들을 보지 않고 걷기로 했다. 무언가에 시선이 닿기만 하면 쇼조가 사버리기 때문이다. 그러나 쇼조는 그 후에도 또 물건을 샀다.

곰돌이 모양이 누벼진 냄비 장갑과, 포장을 뜯지 않은 립스틱이었다. 앞장서 걷고 있던 히와코로서는 말릴 새도 없었고, 뭘 사고 있는지 보이지도 않았다.

히와코를 뒤쫓아온 쇼조가 봉지를 건네주면서,

"이제 됐지."

하고 말했을 때, 히와코 안에서 무언가가 무너졌다. 불과 닮은 그것은 나중에 생각하니 격한 분노의 감정이었다. 히와코는 흠칫 놀라 말이 나오지 않았고, 다음 순간에는 자신이 울음을 터뜨렸나 싶었다. 히와코는 쿡쿡 웃고 있었다. 쿡쿡 웃으면서, 왜 이리 슬플까 생각했다. 어처구니가 없다고.

"나랑 헤어져도 쇼짱은 분명 괜찮을 거야."

그렇게 중얼거렸을 때 사실 속마음은 달랐다.

'나랑 헤어지는 편이 쇼짱은 행복할 거야.' 라고 생각했다.

호의로 사준 거였는데—. 히와코는 한숨을 쉰다. 도시락은 반도 채 먹지 않았다.

"일요일에 남편이랑 산책을 나갔다."

히와코는 소리 내어 말해본다.

"남편은 여러 가지 것들을 사주었다."

아무도 없는 사무실에서 히와코는 미소 지으려 한다. 두 달 전에 있었던 일이다. 하지만 실상은 그게 아닌 듯한 기분이, 아무래도 들고 만다. 생각하면 쇼조를 잃는다는 걸 알고 있는데.

히와코는 쇼조를 착한 사람이라고 생각한다. 착한 사람인 쇼조에게 아낌 받고 있다고 느낀다. 그런데도 서글펐다. 쇼조와 마주하기보다 쇼조의 빨랫감을 마주하는 편이 행복하다는 것이, 쇼조와 함께 있을 때보다 따로 떨어져 있을 때 더 쇼조를 좋아하는 느낌이 든다는 것이.

"기억상실인가."

쇼조에게 그렇게 말해본 것은 지난달이다. 밤에 쇼조는 막 목욕을 하고 나온 참이었다. 마구 쑥쑥 자라면서 피부만 나이를 먹기 시작한 듯한 남편의 알몸을 히와코는 응시했다.

"이를테면, 열아홉 살 때 일은 기억나는데."

욕실로 잠옷을 가지고 가서 그렇게 말했다.

"열다섯 살 때 일도, 스물다섯 살 때 일도. 오히려 네다섯 살 때 일도 단편적이나마 기억하고 있는데."

"더워."

목욕 타월로 몸을 닦으면서 쇼조는 말했다.

땀을 잔뜩 흘리고 있었다. 10월도 중순이라 밤에는 한기가 스며들 정도였는데.

"그런데 유독 당신이랑 결혼하기 전후의 일만 잘 기억나질 않아. 대체 왜, 어떻게 해서 이리 되었는지."

"응."

쇼조가 대답했다. 그런 다음 잠옷을 손에 들고 후우후우, 숨을 토하며 젖은 발자국을 내면서 침실로 가더니,

"더워."

하고 다시 한 번 말하고 나서 침대에 쓰러졌다.

"좀 더 깨끗이 닦아. 그리고 이불 위에 엎어지는 것 좀 그만해."

대답은 없었고, 쇼조는 욕조에 가지고 들어가 읽었던 듯한 잡지를 드러누운 자세로 읽기 시작했다.

물론 사실 자체는 기억하고 있었다. 친구 부부에게 쇼조를 소

개받았던 날의 일이나, 그 후 둘이서 처음으로 같이 식사하던 날의 일, 영화에 볼링에 동물원 구경에 짧은 주말여행 등등.

"하지만 그때의 느낌이 어땠는지 잘 기억 안 나."

히와코는 침대 위 자기 자리에 앉아 낯선 동물 같은 알몸을 내려다보았다.

"응."

쇼조는 맞장구를 치고, 여전히 잡지에서 눈을 떼지 않은 채 말했다.

"추워."

히와코의 대답이 없자 일어나서 잠옷을 입었다.

또다시 이불 위에 드러누운 쇼조의 몸 아래에서 억지로 이불을 잡아 빼 덮어주면서 물었다.

"쇼짱은 이대로도 괜찮다고 생각해?"

"내가 무슨 생각을 하고 있는지, 알고 싶어?"

라고. 한꺼번에 두 가지 질문을 해서는 안 된다는 걸 깜빡 잊고 만 것이다.

"응."

쇼조가 그 말만 하고 가만히 있자, 히와코는 어찌할 바를 모르고 자포자기하는 심정이 되어 진실을 말하고 말았다. 말할 생각은 아니었는데.

"난 좋지 않다고 생각해."

쇼조는 알았다고 대답했다.

"알았어. 이불 위가 아니라 밑에서 자면 되잖아."

라고.

선반에 쌓여 있는 반품용 도그푸드, 벽에 걸린 캘린더, 점원들의 머그컵이 늘어서 있는 사무용 책상. 벽이 두꺼워 매장 안의 소리가 전혀 들리지 않는 작은 방 안에서, 히와코는 한차례 한숨을 내쉰다. 쇼조는 '진실'과 어떻게 타협하고 있을까.

문이 열리고, 차곡차곡 접은 골판지 상자를 들여놓는 소리가 났다. 슥슥 혹은 턱턱.

"점심, 먼저 먹습니다."

먼저 먹으라는 점장의 말은 있었지만, 어쩐지 멋쩍어서 히와코는 작은 소리로 중얼거렸다. 정사원이 아닌 히와코는 퇴근 시간도 다른 사람들보다 빠른데.

"괜찮아요, 괜찮아요. 천천히 드세요."

히오키 유이치가 말했다. 본사에서 채용해 반년 전 쯤부터 이

가게의 가장 젊은 점원으로 일하고 있다. 유이치는 골판지 상자를 몇 장 벽에 기대어놓고 말했다.

"비, 많이 오네요."

"그러게."

대답하며 얼굴을 들었다. 히와코는 쿡쿡 웃음이 나올 뻔했다. 이를테면 잘 알지도 못하는 젊은 남자아이와도 이런 식으로 말이 통한다는 사실에.

"어쩐지 즐거워 보이네요."

쿡쿡 웃을 뻔한 히와코의 기색을 알아챘는지, 유이치가 말했다.

"도시락도 밤밥이고."

그렇게 말하고 주차장 쪽으로 난 뒷문을 열었다.

도시락 상자에는 밤밥과 시금치 볶음, 그리고 유자를 곁들인 삶은 돼지고기가 들어 있다. 어제 저녁 메뉴와 거의 같다. 히와코는 도시락 뚜껑을 덮고 대충 싸서 가방에 집어넣는다. 자신과 쇼조의 위장에 이미 들어가 있는 것들. 생각하자니 그로테스크한 느낌이 들었다.

히오키 유이치는 폭이 좁은 추녀 아래 서서, 하늘을 올려다보며 담배를 피우고 있었다. 유이치도 히와코도 두껍고 질긴 무명

앞치마를 두르고 있다. 가슴에 녹색 나무 한 그루가 프린트된 앞치마.

"추워 보이네."

말을 걸자,

"추워요."

하는 대답이 돌아왔다.

"냄새 좋다."

차가운 공기와, 조용히 한도 끝도 없이 내리는 비 냄새와, 담배 연기의 희미한 단내. 무심코 코를 벌름거리며 중얼거리다 히와코는 내심 놀랐다. 딱히 혐연가라 할 정도는 아니었지만, 담배 냄새를 좋다고 여긴 적도 없다. 쇼조는 혐연가이고, 레스토랑에서도 신칸센에서도 당연하게 금연석을 지정한다.

"피우실래요?"

구깃구깃한 담뱃갑을 내밀기에 히와코는 황급히 고개를 저었다.

"아, 아뇨."

담배는 피우지 않는다. 장난삼아서든 폼 잡기 위해서든 호기심에서든, 대부분의 사람이 경험했을 아득한 날의 한 개비조차 히와코는 피운 적이 없다.

"그래도, 냄새는 좋다."

변명이라도 하듯 다시 한 번 말했다. 그립단 생각이 드는 건, 아버지가 담배를 피웠기 때문인지도 모르고, 열아홉 살에 좋아했던 남자가 담배를 피웠기 때문인지도 모른다. 이십대 중반에 사귀었던 남자—온천 여행을 함께 갔던 남자다—도, 그러고 보니 담배를 피웠다.

하지만 실은 그들과 아무 상관이 없다는 것을 알고 있었다. 쇼조를 만나기 이전의 자기 자신을 떠올린 데에 지나지 않는다.

"쉽게 그칠 것 같지가 않네. 오늘 밤은 테니스 강습이 있는데."

히와코가 말했다. 테니스를 배우기 시작한 지 이제 딱 한 달이 지났다.

"오늘 밤은 무리겠는데요. 럭키네요."

히와코는 기분이 유쾌해졌다.

"그러게, 럭키네."

조금은 기대하는 마음도 있었지만, 그렇게 대답했다. 야간반을 선택한 이유는 햇볕에 그을리고 싶지 않아서였다. 그런데 막상 시작하고 보니, 비록 중장년 여성들뿐인 초보자 반—그것도 고작 한 시간—일지라도 밤에, 쇼조가 없는 장소에 나와 있다는 사실이 즐거웠다.

눈앞의 주차장에도 등 뒤의 사무실에도, 달리 사람은 없다. 실크해트를 거꾸로 뒤집어 스틱 위에 얹어놓은 듯한 재떨이 하나, 두 사람 사이에 놓여 있다. 점심시간. 담배도 피우지 않으면서 히와코가 왜 거기에 나와 서 있는지, 이상하게 여기고 있다 해도 유이치는 그것을 말로도 태도로도 내비치지 않았다.

—히와코 씨는 남편분한테 차가운 타입이죠?

언제였던가, 유이치에게 그런 말을 들었던 기억이 났다.

—왁- 하고 퍼붓거나, 울거나 때리거나 하지 않으시죠?

히와코가 안 한다고 대답하자,

—제 여자 친구는, 해요.

라고 했었다. 말도 안 돼, 하고 웃었지만, 가슴 한구석이 삐걱거렸던 기억이 난다.

"뻔뻔스레 태연하게."

그 말은 노래하듯 가락이 붙어 히와코의 입에서 흘러나왔다.

"네?"

아무것도 아니라고 대답하고서 히와코는 유이치를 똑바로 보았다. 기껏해야 열대여섯 살밖에 차이 나지 않는데, 자신과 눈앞에 서 있는 남자 사이에 백 년의 간격이 존재하는 것처럼 느껴졌다.

진실은 말해서는 안 된다는 진실을, 언젠가 이 사람도 알게 될까.

"생각났어."

그날 밤 귀가한 쇼조에게 히와코는 말했다. 비는 여전히 내리고, 우산을 제대로 받쳐 쓸 줄 모르는 쇼조는 양복 어깨며 발치가 무겁게 젖어 있었다.

"기억상실이 아니었어. 자기 보신을 위해 기억에 뚜껑을 덮고 있었던 것 같아."

"무슨 기억?"

젖은 옷을 벗으면서 쇼조는 물었다.

"쇼짱과 내가 연인 사이였던 무렵의 기억. 지금보다 백 년은 더 젊었을 때의 기억."

"잘된 거 아냐?"

쇼조는 말하면서 낙낙한 스웨터와 트레이닝 바지를 입는다. 잘된 거 아냐? 히와코는 속으로 곱씹는다. 내가 무엇을 어떻게 떠올렸는지 묻지도 않고, 대체 이 사람은 왜 이리도 자신 있게 잘된 거 아니냐는 말을 입에 올릴 수 있을까.

"잘됐지."

도전하는 듯한 심정으로 말할 작정이었는데, 목소리가 조금 작아졌다. 쇼조는 괘념치 않는다.

진실이 알고 싶어졌다든지 말하고 싶어졌다든지 또는 듣고 싶어졌다든지, 그건 아마도 어릴 적부터의 나쁜 버릇이었지 싶다. 식탁을 차리면서 히와코는 그런 생각을 한다. 그렇다면 고집스레 진실을 말하지 않으려는 건 쇼조의 장점이다.

문득 아득한 일을 떠올리고 히와코는 미소 지었다. 미소 짓고서 쇼조에게 물었다.

"아오키 씨라고 기억해?"

"아오키 씨?"

TV를 켜고 소파에 드러누운 쇼조는 끊임없이 채널을 돌리면서 되묻는다.

―TV 좀 꺼주면 좋겠어.

이를테면, 그런 말을 히와코가 매일같이 하던 나날. 대답 좀 제대로 해주면 좋겠어. 드러눕지 말고, 일어나 앉아 있어주면 좋겠어. 뭐든 이야기를 해주면 좋겠어. 어째서 언짢은 사람처럼 하고 있는데? 구두는 왜 아무렇게나 벗어던지는 거야? 어째서 나랑 살려고 마음먹었는데?

히와코가 '진실'에 사로잡혀 있던 결혼 초.

"그래. 공원 지나서 역 가는 길에, 계단 내려가 첫 번째 집."

그 무렵 히와코는 쇼조와 마주치기만 하면 '진실'을 내던졌고, 또 듣고 싶어했다. 그때마다 쇼조는 "응." 이니 "그냐." 이니 건성으로 대답할 뿐, 그저 성가시다는 듯한 태도로 일관했다. 시끄럽다는 듯이, 언짢다는 듯이.

"아아, 그 아오키 씨."

채널을 돌리던 동작을 멈추고 한 곳으로 정한 듯한 쇼조가 이번에는 노트북 덮개를 열었다.

"밥, 뭐야?"

하고 묻는다. 어째서일까. 히와코는 생각한다. 어째서 이 사람은, 아오키 씨가 어쨌느냐고 묻지 않는 걸까.

그 점이 히와코에게는 몇 년, 또 몇 년이 흘러도 답이 나오지 않는 수수께끼였다.

"오븐에다 닭날개 굽고 있어. 냄새, 안 나?"

다음은 포토푀(고기와 야채를 넣어 푹 끓인 프랑스식 스튜_옮긴이), 하고 덧붙였지만, 쇼조는 듣고 있지 않는 것 같았다. 딸깍 하고 열어젖힌 컴퓨터에서 바보 같은 전자음이 흐른다. TV 소리와 기계음, 저녁 식사 냄새, 식탁의 조명. 쇼조가 돌아오면, 이곳은 별안간 좁고 떠들썩한 장소로 변한다.

아오키 씨. 그 말은 히와코의 주문이었다. 마음속으로 외면 금세 효력을 발휘했다. 히와코가 자기 자신을 억누를 수 없던 나날에.

"오늘, 담배 냄새를 맡았거든. 좋은 냄새라는 생각이 들더라."

식사를 하면서 히와코는 말했다.

"내가 생각해도 놀랄 일이지만, 확실히 좋은 냄새였어."

쇼조는 응, 하고 대답한다.

"쇼짱은 담배 냄새가 좋았던 적, 있어?"

쇼조가 또다시 응, 하고 대답했기에 히와코는 웃음을 터뜨리고 만다.

"순 거짓말."

아내의 웃음소리에 놀랐는지, 아니면 '거짓말'이라는 단어에 반응했는지 쇼조가 고개를 들었다.

"담배 피운 거야?"

"아니. 냄새를 맡았다고."

히와코로서는 이해할 수 없는 일이지만, 쇼조는 그 말에 납득하고 안심이라도 한 양 다시 TV로 눈을 돌린다.

―어째서 당신하곤 말이 통하지 않는 거야?

공원을 걷는 내내 히와코는 화가 나 있었다. 여름날이었고, 하늘은 덧없으리만치 푸르게 개어 있었다.

―당신은 여기 있는데도 마치 없는 것 같아.

말은 연이어 입을 타고 나왔다.

―그런 건 외롭다고. 나, 당신이랑 있으면 자꾸 외로워져. 외로운 건 그만하고 싶다구.

쇼조는 "응." 혹은 "어." 하고 대답했다.

―쇼짱도 외롭지? 우리, 둘이 있으면 둘 다 외로워지는 거야.

―응.

'진실'은 계기가 무엇이든 마지막에는 반드시 거기에 다다른다. 그렇기 때문에 '진실'이 위험한 것이다. 결론은 늘 명백하다. 우리, 함께 있지 않는 편이 나을 거야.

 2초만 늦었어도, 히와코는 그 말을 입에 담을 뻔했다.

 ―아오키라.

 그날, 쇼조가 불쑥 말하며 눈앞의 집을 가리켰다. 모르는 집이었는데, 문패에 분명히 '靑木(아오키)'이라고 쓰여 있다.

 ―아오키인데, 하얀 집이네.

 한순간 공백이 흐른 후, 히와코는 웃음을 터뜨리고 말았다. 쿡쿡 웃는 게 아니라 튀는 듯 강렬하게, 농담처럼 요란하게, 웃었다. 계속 걸을 수가 없어서, 멈춰 서서 가슴을 눌렀다.

 ―무슨 바보 같은 말을 하는 거야.

 웃음 발작은 좀체 가라앉질 않았다.

 ―대체 어떻게 하면 그런 생각을 할 수 있는 건데.

 가슴을 누르며, 눈에 눈물까지 글썽이면서 그렇게 말했을 때, 히와코에게 '진실'은 이제 아무려나 상관없었다.

 ―당신, 진짜 엉뚱해.

 딸꾹질하듯 횡격막을 떨면서, 공원 옆 골목에서 히와코는 그렇게 말했다.

 "왜 웃는 거야?"

쇼조가 물었다.

"웃었어?"

"싱글거렸어."

생각났거든, 하고 대답하고 나서 히와코는 포토푀 속의 순무를 건졌다.

"생각하면 지금도 웃음이 나. 아오키 씨네 일."

건져 올린 순무를 입에 넣는다.

"어."

쇼조는 그렇게 대답했지만, 그 사건을 기억하고 있는지 어떤지 히와코로서는 헤아릴 길이 없다.

"또 같은 밥을 먹어버렸네, 우리."

히오키 유이치의 담배를 떠올리면서 히와코는 말했다. 느긋하게 피운다기보다 손가락 사이에서 빨리 태워 없애려는 듯 무정해 보였다고 히와코는 생각한다.

"그로테스크하지?"

일어서서, 차를 끓이기 위해 가스 불에 주전자를 올렸다.

"응."

그렇게 대답한 쇼조에게 히와코는 화를 내지 않았다.

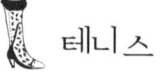 테니스 코트

"네가 테니스를 치다니 놀랄 일이다."

학창 시절 친구인 시모다 치나미가 전화로 그런 말을 했을 때, 히와코는 웃으며 인정했다.

"그렇지?"

운동을 질색하는 것 이상으로 운동 주변의 공기가 싫었다. 의욕이니 노력이니 인내니 분한 심정 따위를 강요받는 듯한 분위기도 그렇고, 좋든 나쁘든 독특한 유대가 있어 보이는 인간관계 따위가.

"그런데 있지, 되게 즐거워."

명랑한 음색으로 히와코는 말했다.

"아마 나일 먹어서 낯이 두꺼워졌나 봐. 서투르면 좀 어때, 하는 생각이 드는 거야. 창피를 당해도, 선생님한테 폐를 끼쳐도,

전혀 아무렇지가 않아."

후후후, 하고 치나미는 나지막이 웃었다.

"좋은 현상이네."

학창 시절, 치나미의 취미는 서핑과 골프였다. 고등학생 때까지는 테니스를 쳤다고 들었다. 남녀 불문하고 모두에게 인기가 높았고, 일 년 내내 햇볕에 그을려 있던 쾌활한 친구. 세 아이를 낳고 엄마가 된 지금도 그 분위기는 여전하다.

"히와코 너, 소극적이었잖아."

옛 친구는 계속했다.

"나이 덕에 그 점이 개선됐다면, 잘된 거 아니니."

그렇지, 하고 긍정한 것도 잠시, 히와코는 고개를 갸웃거렸다. 소극적인 태도가 개선되었다? 과연 그럴까.

히와코가 테니스를 배우게 된 계기는 우편함에 꽂혀 있던 전단지 때문이었다. 그 테니스 클럽이 지금 사는 맨션에서 엎어지면 코 닿을 거리에 있다는 건 이전부터 알고 있었다. 쇼조와 같이 살게 된 그 무렵부터.

맨션을 소개해준 부동산 업자 이야기로는, 그곳은 기업 소유의 프라이빗 클럽이라서 회원만 이용할 수 있다는 듯했다. 히와코에게는 관심 밖의 일이었다. 소개받은 맨션은 작지만 깨끗하고 물도 잘 나오고, 자동 잠금 시스템인 데다 거실에 볕도 잘 들었다.

―마음에 들어.

히와코는 쇼조에게 말했다.

―알았어.

쇼조는 그렇게 대답했다.

테니스 클럽에 흥미는 없었지만, 맑게 갠 낮 시간 같은 때에 창을 열어놓고 있으면 때때로 팡, 퐁, 팡, 퐁, 하는 소리가 들려왔다. 좋은 소리라고 히와코는 생각했다. 한가롭고 마음이 편안해지는, 좋은 소리라고.

회원 모집 전단지를 보고 제일 먼저 그 소리가 떠올랐다. 먼 날의 소리. 어찌 된 영문인지 히와코는 벌써 몇 년째 그 소리를 들은 기억이 없다. 지금도 맑은 날이면 창문을 활짝 열어놓고 지내는데.

―테니스 배울까 하는데.

히와코의 말에 쇼조는 드물게 아내의 얼굴을 말끄러미 보았다. 기묘한 것이라도 보는 듯이.

―뭐하게?

그리고 그렇게 물었다.

―뭘하려는 건 아니지만.

대답하다 진력이 나서,

―그냥 해보고 싶어.

라고 말했다. 조금은 운동을 하는 편이 나을 거 같아서, 라든지 모처럼 이렇게 집 가까이 있으니까, 수강료도 별로 비싸지 않으니까, 강습 시간도 딱 한 시간이니까, 라고 말하고 싶지는 않았다. 그 모두가 조금씩은 본심이었지만.

그런 건 체질에 맞지 않았다. 백화점에서 어쩌다 물건을 산 후에 누가 뭐랄 사람도 없는데 "값이 싸서 말이야."라느니, "옷 같은 걸 사보는 게 10년 만이라서."라느니, 변명 같은 말을 하지 않고는 못 배기던 친정어머니를 떠올리고 만다. "이거, 사왔답니다." 사온 물건을 아버지에게 보이며 어머니는 그런 말도 했었다.

"일 났다! 이제 가봐야 돼."

당황한 척 말하고서 히와코가 치나미의 전화를 끊은 것은 강습 시작 20분 전이었다. 수화기를 내려놓고, 자신의 모습을 내려다보며 견딜 수 없는 기분이 된다. 테니스는 즐겁지만, 트레이닝복이란 것에 도무지 익숙해지질 않는다. 움직일 때마다 서걱서걱 소리가 나는, 얇은 화학 섬유로 만들어진 바지. 티셔츠에 조끼를 껴입고, 새하얀 윈드브레이커(바람막이 점퍼)를 걸치고 있다. 창밖은 이미 밤이다. 새카만 어둠을 배경으로 방 안이 유리에 비치고 있다.

강습은 오후 7시부터 8시까지로, 그 시간이라면 쇼조의 저녁 식사 시간에 맞춰 들어올 수 있다. 라켓과 작은 가방—타월과 지갑, 그리고 집 열쇠가 들어 있다—을 들고, 히와코는 추운 바깥으로 나왔다.

테니스 스쿨에는 로커에 샤워실에 월풀탕까지 구비되어 있다. 밤에는 영업하지 않지만 멋진 라운지도 있어서, 운동 후에 자판기에서 음료 하나를 뽑아들고 앉아 느긋하게 쉴 수 있다. 그러나 히와코는 어느 것 하나도 이용한 적이 없다. 몸단장을 마치고 집을 나와, 땀 흘린 모습 그대로 귀가한다.

수강생은 히와코를 포함해 다섯 명이다. 모두 히와코보다 나이가 많은 여자들로, 초보자 반이라고는 해도 다들 잘한다. 분명 여러 해 동안 초보자 반에 머물러 있었겠지. 히와코는 그런 생각을 하며 존경과 두려움이 뒤섞인 심정이 된다. 각자 나름의 운동

복을 몸에 걸치고, 저마다 테니스에 관한 자신의 약점과 버릇을 고치려 열심인 진지한 여자들. TV로 프로 시합 따위도 꼬박꼬박 챙겨보는 듯, 그에 대한 소감을 활발하게 늘어놓기도 한다. 체력이 떨어졌네 몸이 굳었네 한탄하면서도 묵묵히 스트레칭에 힘쓰는 그녀들 한 사람 한 사람이, 자신과 마찬가지로 일주일에 한 번 자기 집을 나와 이곳에 모인다는 사실이 히와코에게는 기이하게 느껴진다.

저토록 열성적이 될 만할 이유라도 있는 걸까.

자기 자신은 제쳐두고 그런 생각이 들지 않을 수 없다.

―뭐하게?

쇼조가 그렇게 물었던 것처럼.

실제로 그녀들의 열의에는 히와코의 기를 죽이는 구석이 있다. 다들 신참인 히와코에게 친절하고, 따뜻하게 격려하거나 칭찬해준다.

"나도 처음엔 전혀 못 움직였어."

라든지,

"자기는 젊으니까 분명히 곧 잘하게 될 거야."

라든지.

요행으로라도 좋은 샷을 하면,

"나이스 샷!"

하며 소녀처럼 새된 목소리를 질러주고, 히와코의 유연함(그녀들은 그렇게 주장한다)에서부터 입고 있는 조끼의 색깔과 무늬까지, 뭐든 찾아내서는 칭찬해준다. 다 함께 공을 주울—라켓에 얹어 옮기는데, 너무 많이 얹으면 무거워서 들어 올릴 수가 없고, 그렇다고 해서 혼자만 너무 적게 올리면 꾀를 부리는 것 같아서 기분이 찜찜하기 때문에 히와코는 이 작업이 질색이다—때에는, 유기농 매장이나 솜씨 좋은 미용사가 있는 미용실을 일러주기도 한다. 명랑하고 느낌 좋은, 집에서는 아내이고 어머니이기도 할 그 여자들.

그러나 일단 코트에 들어서면 상황은 돌변한다. 승부에 대한 집착만이 아니다. 적뿐 아니라 아군에게도 적의를 발산하며, 비장하기까지 한 진지한 눈빛으로 자신과 공과 강사 이외에는 누구도 아무것도 다가서지 못하게 하는, 차라리 시합과는 무관하게 싸우고 있다고밖에 여길 수 없는 그 '싸움'에 히와코는 매번 놀란다. 쫓기는 짐승이 기계나 인간처럼 당해낼 수 없는 것을 상대로 목숨 걸고 도전하는 싸움, 그것과 닮았다. 고립무원으로,

불리함 속에서, 필사적으로.

—뭐하게?

쇼조가 물었을 때 느낀 희미한 울컥거림이나 불합리함 비슷한 감정을 기억하고 있으면서도, 여기에 오면 다른 사람들에 대해 분명코 쇼조와 같은 방식으로 느끼고 있는 자기 자신을 발견하고 히와코는 당황한다.

대체 왜, 이 사람들은 이토록 열성적일 수 있을까. 실력을 쌓고, 이기고, 그래서 어쩌려는 걸까. 여기에 있는 이 사람들은 애당초 누구이고, 어디에서 모여든 걸까.

야간조명이 휘황하게 밝혀진 테니스 코트에서 강사를 기다리는 동안 각자 알아서 달리거나 스트레칭을 하면서, 히와코는 그런 생각을 해본다.

엄밀하게 따지면 초보자는 히와코 한 사람뿐이라서, 사십대 후반쯤 돼 보이는 남자 강사는 히와코에게 때때로 시간을 더 할애한다. 나머지 네 사람에게는 일정 과제를 주고, 다른 코트에서 히와코를 개인지도 하는 것이다. 이 부분에 대해서는 "나도 처음엔 그랬다."는 의미에서 모두 인정해주고 있다. 그래도 히와코 입장에서 보자면 께름한 구석이 없잖아 있지만—어쨌든 여기서는 강사의 조언이나 격려, 휴식 시간의 가벼운 농담까지도 귀중하기 짝이 없다—, 전화로 친구에게 이야기한 대로, 즐거움이 우선이니 마다하지 않기로 한 터다.

"앞, 뒤, 앞, 뒤, 앞, 자 다시 한 번 앞-, 뒤-, 앞!"

길고 짧게 날아오는 공을 되치는 것이 히와코는 즐겁다. 마치 어른이 놀아주고 있는 젖먹이 같다는 생각은 들지만, 단순하게 즐겁다. 언제까지고 한없이 반복하고 싶다는 생각까지 든다. 앞, 뒤, 앞, 뒤, 자아 뒤-.

그러나 언제까지는커녕 금세 숨이 차고 다리가 엉켜서 마음먹은 대로 움직이기조차 버거워진다.

"자 조금만 더-. 힘내서-."

공을 치는 동시에 말꼬리를 늘이는 버릇이 있는 강사의 목소리는 귀에 들어오는데, 히와코에게는 의미 없는 소리처럼 느껴질 뿐이다. 공을 쫓을 때, 히와코는 생각을 할 수 없는 상태가 된다. 생각하지 않아도 되는 상태, 눈앞이 전부인 상태.

알고 있었는데.

빗맞혔을 때, 히와코는 으레 그렇게 생각한다. 공이 보이고, 그 자리에 떨어지리라는 것도 알고 있었는데. 그것은 우습도록 분한 일이다. 그러나 쿡쿡 웃을 짬은 없다.

"포-, 백-, 포-, 백-."

날아오는 공은 앞뒤에서 좌우로 바뀌어 있다.

심한 곱슬머리의 초등학생 아들이 둘 있다는 후쿠다 씨가 말을 붙여온 것은 지난주다.

―혹시, 신혼이에요?

강습이 끝난 후, 히와코가 안내 데스크에서 수강증을 되찾아 돌아가려는데 뒤에서 그렇게 말을 걸어왔다. 돌아보니 라운지의 의자에 깊숙이 눌러앉아 페트병에 든 차를 마시고 있던 듯한 후쿠다 씨가 생긋 웃으며 다가왔다.

―늘 보면, 무척 서둘러 가기에.

후쿠다 씨가 말했다.

―예에.

히와코는 미소 지었다.

―집이 가까워서, 샤워도 그렇고, 여기서 하는 게 오히려 번거로워서요.

그렇게 설명하고, 신혼은 아니라고 덧붙였다. 후쿠다 씨는 재미있다는 듯이 히와코를 보았다.

—얼마나 됐어요?

틈이 생긴 건, 질문의 의미를 잘 이해하지 못했기 때문이다.

—결혼했죠?

후쿠다 씨는 질문을 바꾸어,

—결혼한 지 얼마나 됐어요?

하고 고쳐 물었다.

—아아. 네, 했어요. 11년, 12년째인가.

후쿠다 씨의 질문은 그 후로도 몇 가지 더 이어졌다. 아이는 있는지, 따로 하는 일이 있는지, 결혼 전에는 뭘했으며, 고향은 어디냐는 등. 히와코가 대답하자, 후쿠다 씨한테서도 마찬가지로 간결한 정보가 돌아왔다. 아이는 둘이고, 지금은 파트타임 일을 하며, 예전에는 학습교재를 만드는 회사에 다녔고, 치바 태생이라는 식으로.

후쿠다 씨는 웃는 낯으로 수다를 떨었다. 나직하니 좋은 음성을 가지고 있었지만, 속삭이거나 웃을 때면 억양이 높아지면서 중년 여성스러운 말투가 되었다.

바로 눈앞에 문이 있었다. 히와코는 후쿠다 씨와 이야기하는 와중에 문 바깥으로 나가고 싶다는 생각이 간절했다. 밖으로 나가, 빨리 집으로 돌아가고 싶었다. 아이가 아프다거나, 집에 불이 났다거나, 당연히 빨리 돌아가고 싶을 것이라고 상대가 생각해줄 만한 사정이 없다는 사실에 혼자서 어찌할 바를 몰랐다.

쇼조는 히와코가 테니스를 치러 다니는 것에 관대했고, 바로 집 근처라 안심해서인지 다른 데로 외출할 때처럼 언짢아하지도 않는다.

―바로 밥할 건데, 그전에 샤워 좀 해도 돼?

처음 강습을 받던 날, 집에 돌아와 그렇게 물은 히와코에게,

―천천히 하고 나와도 돼.

라고 쇼조가 대답했을 때, 히와코는 정말 깜짝 놀랐다. 물론 쇼조는 샤워를 하지 말란 소리는 안 한다. 그러나 "응."이니 "어." 이상의 대답이 나올 줄은 생각도 못했다.

―다음 주에도 가?

샤워를 마친 히와코에게 쇼조는 그런 것도 물었다.

―매주 가는 거야.

히와코의 대답에 입을 다물어버렸지만, 그것은 언짢은 침묵이라기보다 놀람 반 흥미 반의 침묵처럼 보였다. 마치 히와코가 테

니스가 아니라 가혹한 육체노동—도로 공사나 빌딩 창문 닦기 같은—을 하고 온 데다 매주 가겠다고 말하기라도 한 듯이.

후쿠다 씨는 느낌이 좋은 사람인데.

다소 늦게 들어간다고 쇼짱이 화낼 리도 없는데.

히와코는 그때 조바심 비슷한 감정으로 문을 바라보며 그 문을 열고 집에 가고 싶다고 생각한 자신의 충동을, 이해도 납득도 할 수 없다.

재촉받는 듯한 기분이었다. 하지만 무엇에, 누구에게 재촉받았다는 건지.

"자, 포-, 포-, 백-."

시키는 대로 기계처럼 움직이기에 급급할 뿐 내민 라켓에 공이 잘 맞아줄지 어떨지는 순전히 우연의 영역에 놓여 있었다. 12월의 밤인데도 속눈썹에서 땀이 떨어진다.

—그렇게 되면, 쳐내도 쳐내지 못해도 분하거든.

언제였던가, 히와코는 쇼조에게 설명하려고 했다.

—공을 받아쳤을 때도, 내 실력으로 친 것 같지가 않은 거야. 다리가 비틀비틀거려. 생각하기 전에 움직여야 하니까 뭐가 뭔지 혼란스러워지고 만다니까.

쇼조는 관심 밖이라는 듯 "응." 이니 "흐음." 하고 대답했다.

"예, 수고하셨습니다. 공을 주워, 옆 코트로 합류하세요."

시원스레 웃는 얼굴로 강사가 말하고, 히와코는 가쁜 숨을 몰아쉬며 인사를 한다. 덥고 힘들고, 몸만 가볍다. 홍역으로 고열이 났을 때처럼.

"수고했어요."

옆 코트로 합류하자 후쿠다 씨가 다가와서 말했다. 여기서는 지금 서브 연습을 하고 있으며, 한 번 치고 나면 반대편으로 돌아가 다음 사람의 서브를 리시브하고, 리시브가 끝나면 도로 달려와 다시 서브해야 한다는 걸 설명해준다.

그런 건 도저히 못하겠다는 히와코의 심정을 꿰뚫어본 듯, 강사가 알렸다.

"잠시 쉬었다 합시다."

코트 귀퉁이에 있는 시계—어둠 속에서 여러 번 보름달로 착각할 만큼 환하게 빛을 발하는 둥근 시계로, 높은 기둥 위에 붙어 있다—를 보니, 딱 7시 반이었다.

휴식 시간은 불과 5분이지만, 그 5분을 위해 물통에 채운 홍차며 얇게 저민 레몬을 가져오는 사람도 있어서 벤치 주변은 조촐

한 피크닉 자리가 된다.

―호쾌해 보이는 사람이야.

홍차에 레몬에, 때로는 한입 크기로 자른 오이 샌드위치까지 준비해오는 어떤 사람에 대해 쇼조에게는 그렇게 설명했다.

―대학에 다니는 아들이랑 고등학생 딸이 있나 본데, 옛날부터 가족들이 다 테니스를 쳐왔대.

그 이야기 또한 쇼조는 시큰둥하니 듣고 있었다.

―다양한 사람들이 있어서 재미있어.

그렇게 말하고 이야기를 매듭짓기는 했지만, 영 재미없어 하는 쇼조의 모습에서 히와코는 조금 쓸쓸함을 느꼈다. 더욱이 말하는 자신이 그녀들을 정말로 재미있어 하는지 어쩌는지조차 알 수 없어졌다.

"더웠는데."

히와코는 일단 벗었던 윈드브레이커를 다시 걸치고, 누구에게랄 것도 없이 변명처럼 중얼거린다.

"역시 젊으니까 신진대사가 좋구나."

한 사람이 말하고 나머지 셋이 나란히 고개를 끄덕이자, 히와코는 난감하여 애매하게 미소 짓는다.

벌꿀에 재운 레몬은 달고 쌉쌀한 맛이 났다. 재울 때 계피 막대를 '던져 넣어' 두는 것이 '우리 집 식'이라고, 대학생 아들과 고등학생 딸을 둔 여자는 말했다.

"있지."

후쿠다 씨가 윈드브레이커 소매를 가볍게 잡아끌었다. 장난거리를 생각해낸 아이 같은 표정으로 히와코에게 귀엣말을 했다.

"저기 말야."

히와코의 팔을 잡고 조금 떨어진 장소로 데려가려 한다.

"네?"

히와코 생각에 그건 무람없는 행동이었다. 몸에 닿는다거나, 비밀스럽게 작은 소리로 속삭이거나 하는 것은.

"저기 말야."

우스워 죽겠다는 표정으로, 후쿠다 씨는 집게손가락을 들어 올렸다.

"혹시 그 집 남편 아냐?"

철망 바깥, 도로 바로 앞의 시커멓게 무성한 나무들 사이로 우두커니 선 그림자가 보였다. 얼굴을 분간할 수 없지만, 어느 모로 보나 쇼조였다. 코트 차림의 키 큰 그림자. 어깨에서 가방을 늘어뜨린, 히와코에게는 너무도 눈에 익은 모습.

후쿠다 씨는 쿡쿡 웃고, 히와코가 아무 말도 못하고 있는 사이에 작은 소리로 말했다.

"역시 맞지?"

"지난주에도 있었어. 지지난주에도. 처음엔 흠칫했지만, 딱 짐작이 가더라구. 저이는 분명히 히와코 씨 남편이구나 하고."

갑자기 히와코는 이 테니스 코트에서 자신과 쇼조 둘 다 미아가 돼버린 듯한 기분이 들었다. 두 사람 다 미아인데도, 힘을 합하지 못하고 어쩔 줄 몰라 하고 있는 듯한 기분이었다.

매사 다 안다는 얼굴인 후쿠다 씨는, 이쪽에서 알아차렸다는 것을 쇼조가 눈치 채지 못하도록 히와코의 팔을 잡고 바로 홍차와 레몬이 있는 장소로 돌아갔다. 불과 두세 걸음.

"오죽 걱정되었으면."

여전히 우스워 죽겠다는 듯이, 노래하듯 가락을 붙여 말한다.

"자, 후반 돌입! 시합합시다—."

드르르 소리와 함께 공 바구니를 옮기면서 강사가 말하고, 수강생들은 저마다 자기 라켓을 쥐었다. 히와코는 방금 본 광경을 믿을 수 없어 갈팡질팡했지만, 도저히 다시 보고 확인할 용기가 나지 않았다.

  기묘하게도 그것은 외로움이었다. 쇼조를 눈에 담은 순간, 발치에서부터 화악 밀려 올라온 어쩐지 불안한 공기는―.

  그 어린아이 같은 외로움을 물으려다, 하마터면 달려 나갈 뻔했다. 바보스럽다 여기는데도 정말로 달려 나갈 것만 같은 자기 자신에게 당황하고 만다.

  팀 가르기가 끝나고, 교대 요원인 히와코는 벤치에 걸터앉았다. 라켓을 무릎에 놓고 다리를 꼰다. 몸에 익지 않은 트레이닝복이 서걱서걱 소리를 냈다.

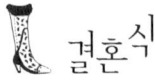 결혼식

'미오'가 그 아가씨의 이름이고, 쇼조는 이제까지 많아야 일고여덟 번 정도 만났을까. 말을 섞은 횟수로 따지면 그보다도 적다. 다만 미오가 태어났을 때 어머니 손에 이끌려 병원에 가보았기에, 미오는 쇼조가 아주 가까이에서 본 첫 번째 갓난아이이기는 했다. 그로부터 30년 가까이 지난 셈이다.

"미오가 새색시라……."

'신부 대기실'이라고 적힌 작은 방 안에서 쇼조는 무료한 듯이 중얼거린다. 둥근 백자 찻잔에 담긴 벚꽃차를 홀짝였다.

웨딩드레스를 입은 덩치 큰 아가씨는 쑥스러운 듯 에헤헤 웃으며 하얀 장갑을 낀 손으로 브이를 그려 보였다.

문을 활짝 열어젖힌 작은 방에 사람들이 부산하게 드나든다. 쇼조로서는 오랜만에 얼굴을 보는 일가친척들이다.

이럴 때면 늘 그렇듯, 어머니 미츠에는 묘하게 생기를 띤다.

"봐라, 쇼조야. 사키네 백부님이란다."

라느니,

"쇼조야, 이리 와보렴. 요시코 씨는 오래간만에 보지?"

라느니, 누구누구 할 것 없이 붙들고는 쇼조를 부른다. 그때마다 쇼조는 그 자리로 다가가서 "아—"라든지 "그동안 격조하였습니다." 따위의 짤막한 인사말을 궁리해내며 웃는 얼굴을 지어야 했다.

"보렴, 옷깃 좀 제대로 펴 입고."

양복을 일일이 잡아당겨 매무새를 고쳐주는 어머니 옆에서.

어젯밤, 쇼조는 아내와 함께 이 동네로 내려왔다. 길 양옆에는 얼마 전에 내린 눈이 얼어붙어 있었다.

—넘어질까 무서워.

히와코는 그렇게 말하고, 쇼조의 팔에 매달려 걸었다.

—너무 추워서 살갗이 다 아프네.

고개를 숙이고 작은 목소리로 말했다. 쇼조가 아무 대답 않고 있으려니, 히와코는 다시 말을 이었다.

—2월이야.

결혼식 131

라느니,

─별이 예쁘다.

라느니. 그때마다 쇼조의 가슴 언저리에 하얀 숨이 흩어졌다. 쇼조는 알고 있었다. 히와코가 애써 마음을 밝게 가지려 한다는 것을. 억지로라도 밝게 갖지 않으면, 단 이틀 머무는 것도 견디기 어려우리라 여기고 있다는 것을.

정월에도 내려왔으니, 불과 한 달 만에 이 동네를 다시 찾은 셈이다. 그전에는 5월 연휴 때, 그보다 더 전에는 작년 정월에 내려왔다. 쇼조가 묘하게 여기는 건, 몇 번을 함께 내려와도 히와코가 시가를 낯설어하는 것 같다는, 그 점이 아니었다. 몇 번을 함께 내려와도, 그때마다 쇼조 자신이 여전히 익숙해지지 않는다는 그 점이 묘했다.

이를테면 개를 주워, 어떻게든 이 개를 키우고 싶다고 말하는 연습을 하면서 집에 돌아올 때와 비슷한 느낌이다. 어쩔 수 없지. 그러면서 어머니는 웃는다. 네가 책임지고 돌봐야 한다고 아버지는 말한다. 어느 누구도 화를 내지 않는다. 그리고 그 순간에 개는 쇼조의 무거운 짐이 된다.

─안녕하세요─.

미닫이문을 열며 노래하듯 히와코가 말했다. 어머니가 뛰어나오고, 벌써 쇼조는 현관에 올라서 있다.

―덥다. 난방 너무 센 거 아냐?

거실에 앉아 TV 채널을 바꾼다. 히와코는 인사가 끝날 때까지 한사코 구두를 벗지 않는다. 여기는 내 집이 아니야, 라고 고집스레 주장하는 듯이.

―따뜻하다.

이윽고 거실에 들어온 히와코는 기쁜 듯이 말하며, 입구 바로 옆, 방석도 없는 자리에 앉는다. 아버지는 벌써 주무시고 있었다. 오래된 괘종시계, 찻장에 늘어선 목각인형, 액자에 넣어 장식해놓은 쇼조의 대학 졸업장.

신칸센에선 앉아서 왔는지, 히와코의 부모님은 무탈하신지 등을 질문하면서 어머니가 우선 과자 그릇과 절임 그릇을 내놓고, 이어 저녁 식사 때 먹고 남은 듯한 찌개며 무침 접시를 앉은뱅이 밥상에 차려낸다.

―저녁은 먹고 왔어요.

죄송하다느니, 이제 그만 내오셔도 된다느니, 히와코가 말하는 걸 멍하니 들으면서 쇼조는 지방 신문을 읽었다. 밤 11시다.

저녁을 먹고 온 정도야 어머니도 아실 테고, 알면서도 차리고 싶은 거니 차리게 놔두는 수밖에 없는 거다. 히와코는 이 집의 방식에 대해 학습능력이 전혀 없다.

―목욕물, 따뜻해요?

쇼조가 묻자 어머니는 따뜻하다고 대답했다. 쇼조는 일어나, 신문을 쥔 채 따로 떨어진 욕실로 향했다.

"일은 어떠냐. 부장이라고?"

아직 술도 안 마셨을 텐데, 취한 듯 얼굴이 벌건 숙부가 쇼조의 등을 한 대 탁 친다.

"쇼짱은 덩치가 커서 어깨에 닿질 않아."

"마사오 씨가 작은 거지."

다른 한 숙부가 웃으면서 말하고, 반대편에서 팔을 둘러 여보란 듯 쇼조의 어깨를 두드렸다.

연회 준비가 다 되었습니다, 라며 들어온 안내 담당이 재촉하는 대로, 쇼조는 두 숙부 사이에 낀 모습으로 신부 대기실을 나온다. 한순간 돌아보며 히와코의 존재를 확인했다. 히와코는 어머니와 요시코 씨―신부의 어머니다―와 셋이서, 선 채로 담소를 나누고 있었다.

─립스틱, 너무 화려한 거 아냐?

오늘 아침, 쇼조는 히와코에게 그렇게 말했다. 히와코가 평소 바르지 않던 새빨간 립스틱을 바르고 있었기 때문이다. 쇼조가 생각하기론 시골 사람들은 화려한 색을 싫어한다.

─안 어울려?

되묻기에 입을 다물었다. 진회색 슈트 차림에 머리카락을 질끈 동여맨 히와코는 립스틱만 아니면 그대로 장례식에 참석해도 될 듯 보였다.

─축하하는 자리니까 화사한 색이 낫겠다 싶어서.

변명처럼 말했다.

─게다가 이걸 바르면 자신감이 생기거든.

라고도. 쇼조가 대답을 않고 있자, 히와코는 가방에 막 집어넣은 화장 도구를 다시 꺼내 그 자리에서 립스틱을 지웠다.

─좀 시간이 걸려. 빨간색은 쉽게 안 지워지거든.

라고 작은 목소리로 말하면서.

담소를 나누는 아내를 보며, 립스틱을 지우게 하길 잘했다고 생각했다. 쓸데없는 비난은 피하는 게 상책이다.

피로연장은 작고 아담했다. 금병풍, 둥근 테이블, 꽃과 촛불. 진부한 음악이 흐르고 있다.

"자, 쇼짱한테 놀러가려무나."

숙부 하나가 손자의 등을 슬쩍 떠밀었다. 아이는 흡사 던져진 공처럼, 의자에 앉은 쇼조의 무릎에 와서 부딪힌다.

"오, 왔구나."

쇼조는 아이를 그냥 좋아한다. 아름다운 생물이라고 여긴다.

"나비넥타이 멋지구나. 어, 그게 뭐니? 괴수?"

"고질라."

소년은 대답한다. 할아버지가 사줬어, 라고.

직원이 마이크에 대고 자리에 앉도록 권하고 있다. 쇼조는 문득 행복한 기분에 젖는다. 미오의 결혼에는 아무 감흥도 일지 않지만, 여기 자리한 사람들에게는 친밀감을 느낀다. 할아버지가 사준 고질라 인형을 꼭 쥔 채, 나비넥타이를 매고 여기 있는 소년—쇼조의 사촌형의 아들이다—을 만나서 기뻤다. 손꼽을 정도로밖에 만난 적은 없어도, 틀림없이 피가 이어진 사람들.

"기운 넘치는 새색시네."

목소리가 나더니, 히와코가 옆에 앉았다.

"스포츠광이었으니까."

대답하자 히와코가 빤히 바라보았다.

"놀랐어. 쇼짱, 기분 좋아 보이네."

이어서 히와코는 쇼조의 다리에 찰싹 달라붙어 있는 아이에게 시선을 떨어뜨리고, 생긋 웃으면서 안녕, 하고 인사한다. 아이는 쇼조 곁을 떠나 달아나듯 부모 품으로 돌아갔다.

사회자의 인사, 신랑신부 입장, 야유와 갈채. 주빈의 축사, 건배, 야단스러운 음악. 샴페인과 오렌지주스, 맥주와 일본주, 지루한 연설과 간간이 피어오르는 웃음소리.

히와코 옆에 앉아, 연이어 나오는 맛도 없는 요리를 해치우면서 쇼조는 깨닫는다. 조금 전 확실히 느꼈을 터인 행복을, 이미 어디에서도 찾을 수 없다는 것을. 흔하디흔한 시골의 결혼식이다.

인터하이(전국 고등학교 종합 체육대회_옮긴이)라는 단어가 귀에 들어왔다. 사진이라는 말도.

"그렇잖은가, 쇼조."

"예에, 뭐."

숙부가 동의를 구하자 쇼조는 애매하게 웃는다. 아주 오래 전 쇼조가 다닌 고등학교의 궁도부가 인터하이에 출전한 적이 있는

데, 누군가가 그 이야기를 하고 있는 것이려니 짐작했다. 1학년이었던 쇼조는 시합에 나가진 않았지만, 사진에는 찍혀 있다.

　막(膜). 쇼조는 생각한다. 나고 자란 땅에서, 익히 잘 아는 사람들과 함께 있을 때에도 그 막은 역시 존재한다. 그나저나 이 따분한 연설은 언제까지 이어질는지.

　더울 정도야, 하는 어머니의 말소리가 들려왔다. 부럽네요, 하는 히와코의 목소리도. 무슨 이야기인지, 이번엔 상상도 가지 않는다. 히와코는 웃음소리를 내고 있다.

　'땅'이라는 말이 들리고, 아버지가 쇼조에게,

　"역시 그때가 좋았어."

　하고 말했기에, 이번에는 몇 년 전에 부모님이 의견을 물어왔던 땅—사둘까, 하는 말에 그만두는 편이 좋겠다고 쇼조는 대답했다—에 대한 화제가 다시 거론되고 있음을 알았다.

　"어머나."

　히와코가 밝은 목소리를 냈다.

　"봐봐, 쇼짱. 저 비즈백, 나나코 아가씨가 손수 만들었대."

　헤에, 하고 대답했다. 의상을 갈아입기 위해 중간에 자리를 떴던 신부가 돌아오고, 피로연은 바야흐로 연예장의 양상을 띠고 있다. 간신히 스테이크를 다 먹고 이제 한숨 돌리려나 싶던 쇼조의 눈앞에 이번엔 녹차 소바가 놓였다.

"이래도 괜찮을까 모르겠네."

히와코가 말한다. 피로연장이 어두워지고, 조명이 금병풍 앞을 비추었다. 신랑신부 양가 부모가 나란히 자리하고 있다. 음악 소리가 커지고, 꽃다발이 건네진다.

문득 허벅지에 히와코의 손이 놓였다.

"다리 좀 그만 떨어."

목소리도 눈썹도 낮추고, 히와코는 짧게 말한다. 언짢은 표정으로.

피로연장이 다시 밝아지고 테이블에 웅성거림이 돌아왔다. 곧 돌아오겠다는 말을 남기고 히와코가 화장실에 갔다. 같은 테이블에 앉은 쇼조 이외의 남자들은 이미 얼근하게 취해 있다.

"히와코는 여전히 일하러 나가니?"

어머니의 물음에 고개를 끄덕이자,

"가엾지 않니. 좀 야윈 거 아니니?"

하고 꾸지람하듯 점점 열을 올려 말했다.

"오빤 상냥하니까."

여동생 나나코가 말참견을 하자 그렇지, 하고 어머니도 동의한다. 일하는 히와코를 가엾다고 말하는 것과, 자신을 상냥하다고 말하는 것 사이의 비약을 따라갈 수가 없다고 쇼조는 생각한다. 하긴 두 여자의 대화가 '비약'하는 건 어제오늘의 일이 아니다.

"밥은 제대로 얻어먹고 다니니?"

"응."

대답하고서 피식 웃었다. 어머니란 자식을 언제까지고 어린애 취급하고 싶어한다.

"흐음. 수예는 전혀 못한다고 하더니, 요리는 하는구나."

아이스크림과 케이크가 놓인 접시에 유유히 덤비면서 여동생이 말했다.

히와코가 돌아와 의자를 당겨 조용히 앉았다. 안도하는 자신의 모습에 쇼조는 당황한다. 금방 돌아올 줄 알고 있었으면서.

히와코는 화장실에 가기 전과 어딘지 모르게 분위기가 달라 보였다. 꼭 집어 말할 순 없지만, 아무튼 어딘가가 달라져 있었다.

그 차이를 알게 된 건 저녁 느지막이, 부모님과 함께 집에 돌아온 후였다. 따로 살고 있는 여동생 부부와 헤어져 네 사람만 남고 나서야 깨달았다. 히와코는 새빨간 립스틱을 바르고 있었다.

"차 마셔야지?"

기모노를 벗고 스웨터와 카디건에 바지로 갈아입은 어머니가 말했을 때, 히와코와 쇼조도 평상복으로 다 갈아입은 후였지만, 히와코의 화장은 그대로 남아 있었다.

"미오, 잘됐지 뭐야."

쪼르륵 소리를 내며 녹차를 따르던 어머니가 말하고, 히와코가 대답을 하지 않았기에 침묵이 찾아들었다. 물론 어머니는 괘념치 않는다. 누구에게랄 것도 없이 내뿜어지는 이런 유의 말에 대해선 쇼조도 아버지도 아무 대답 않는 것이 보통이다.

"정말이에요."

뒤늦게 히와코가 말했다. 작은 목소리였다.

TV를 켜고, 신문을 펼쳤다. 누구네가 입은 기모노가 어땠느니, 신랑 아버지의 인사말이 어떻다느니, 어머니는 혼자서 수다를 떨고 있다. 오래된 괘종시계가 시간을 알리고, 찻장에 목각인형이 늘어서 있으며, 졸업장이 든 액자가 벽에 걸린, 그립고 차분한 거실 안에서.

"쇼짱, 눈치 챘어?"

결혼식 답례품인 팥밥과 도미로 저녁 식사를 마치고, 목욕 후 침실에 들었을 때 히와코가 물었다.

"어머님이 하시는 말, 전부 완결형으로 끝나는 거."

잠옷 차림의 히와코는 목욕 후에 바른 화장수 덕에 얼굴이 빛난다.

"누구누구는 멋쟁이다, 늘 멋지다, 라고 두 번씩 되풀이하는 것도, 혼잣말을 해서 마무리 지으려는 시도인 것 같아."

'시도'라는 귀에 선 단어만 쇼조의 귀에 닿는다.

"좀 더 대답을 잘해드려야 하는데."

그럼 해드려, 하고 쇼조는 생각한다.

"쇼짱, 듣고 있어?"

히와코는 이불 위에 털썩 앉아 어찌할 바를 모르겠다는 얼굴로 쇼조를 보고 있다. 딱, 주워온 개처럼.

"피로연 자리만 해도 그래. 쇼짱이 아무 말 안 하니까 나만 수다쟁이처럼 돼버리잖아."

난방을 꺼서 방 안은 춥고, 바닥에서 냉기가 올라온다. 쇼조는 이불을 둘러쓰고 잡지에 눈을 고정한 채 응, 하고 대답했다. 이 집에서 히와코의 불평하는 소리를 듣자니 이상한 기분이 들었다. 히와코의 끝 모를 푸념을 듣는 것이 그리 불쾌하지는 않다. 결국 나는 히와코를 마음에 들어하고 있는 거다. 히와코가 이 집의 방식에 익숙하지 않은 것도, 그 점을 부모님과 여동생이 걱정하고 있는 눈치라는 것도.

"어머님은 항상 쇼짱이랑 아버님을 향해서만 말씀하셔."

히와코는 다시 계속한다.

"미오, 잘됐지 뭐야, 라는 말만 해도 그래. 미오 아가씨를 잘 알지도 못하는 내가 대답하는 것도 우습잖아?"

응, 하고 대답했지만, 히와코의 말이 전혀 이해되지 않았다. 어쨌거나 결혼식 후다. 신부를 알든 모르든, '잘됐다'라고 생각하는 게 보통 아닐까.

처음 이 집에 히와코를 데려왔을 때였다. 침실로 내준 이 방에 들어와, 히와코는 불안한 얼굴을 했다. 불단이 있고, 확대한 조부모님 사진이 놓여 있고, 미닫이틀 위에 제등이 몇 개씩이나 달려 있는 것을 보고 겁먹었으리라 쇼조는 짐작했다.

―어째서 이부자리가 이렇게 뚝 떨어져 있는 거야?

그러나 히와코는 그렇게 말했다. 이부자리는 쇼조의 눈으로 봐도 기묘하리만치 방의 끝과 끝에 떨어진 채 깔려 있었다.

아득한 기억을 떠올리고, 쇼조는 미소 짓는다. 그날 히와코는 분연히 이부자리를 끌어다 딱 붙여놓고 나서 누웠다.

―이제 됐다.

라고 말하며. 그 후 잠자리를 가졌다. 지금과 똑같은, 이 일본식 방에서.

"……라고 알아?"

히와코의 목소리가 났다.

"뭐?"

되물으면서 쇼조는 오래간만에 아내와 그걸 해볼까, 생각했다. 오늘 밤, 이 방에서 그러고 싶다는 마음이 뭉글뭉글 일었다.

"쇼짱은 정말이지."

손에 들고 있던 주간지를 빼앗겼다. 딱히 읽고 있던 것도 아니지만.

"『미오, 나의 미오』(말괄량이 삐삐로 유명한 스웨덴의 아동문학가 아스트리드 린드그렌의 작품_옮긴이) 아느냐고 물었어, 지금."

"뭐라고?"

쇼조는 다시 한 번 되묻는다. 얼굴이 추워서 모포에 코끝을 묻었다. 등을 구부리고, 양손을 오금에 쑤셔 넣는다. 벽장 속과 똑같은 냄새가 났다.
 등과 이불 너머로 히와코의 한숨 소리가 들려왔다.
 "그만 됐어."
 라고 말한다.
 "뭐가 됐어?"
 우물거리는 목소리가 나왔다. 일찍이, 이 장소에서, 대체 어떻게 해서 히와코와 잠자리를 가졌는지 생각나질 않았다. 살살 꼬드겼는지, 아니면 와락 덮쳤는지.
 "미오, 예쁜 이름이라고."
 아아, 응, 하고 대답했다.
 "불, 끈다."
 짤깍 하는 소리와 함께 형광등 줄이 당겨졌다.
 "미오 아가씨도 언젠가 남편의 친척 결혼식에 가게 될지 모르겠네."
 어둠 속에서 히와코의 목소리는 쓸쓸하고 부드럽게 울렸다. 이불을 젖히기에 춥다고 신음하자 곧바로 히와코가 들어온다.
 그랬다. 쇼조는 생각한다. 그때도, 히와코 쪽에서 이불 속으로 들어왔던 것이다. 어쩔 수 없지. 그러면서 어머니는 웃는다. 네가 책임지고 돌봐야 한다고 아버지는 말한다. 아무도 화내지 않는다. 옛날부터, 쇼조의 의사를 존중해주는 부모님이었다.

"잘 자."

쇼조의 등에 바싹 몸을 붙이고 졸린 목소리로 말한다. 쇼조가 뻣뻣하게 누워 있으려니 다시 목소리가 들렸다.

"잘 자라고, 해."

"잘 자."

도리 없이 쇼조는 그렇게 말해본다. 오빤 상냥하니까. 여동생의 말을 떠올리고, 쇼조는 희미하게 쓴웃음을 짓는다.

상자

 초여름처럼 맑고 따스한 날이다. 점심시간에 히와코는 근처 편의점까지 샌드위치를 사러 나갔다. 샌드위치를 산 후, 산책도 할 겸 가게까지 조금 멀리 돌아서 가기로 했다. 다소 늦어지더라도 샌드위치라면 바로 먹을 수 있으니 문제없을 것 같았다.
 인간이란 의외로 단순해서 날씨에 끌릴 때가 많다. 히와코는 그렇게 생각한 후 벌레랑 똑같네, 하고 마음속으로 덧붙인다.
 4월. 주택가의 공기는 부드럽고, 평소보다 나다니는 사람이 더 많이 눈에 띈다.
 교차로에서 신호가 바뀌기를 기다리고 있는데, 오토바이를 타고 역시 신호를 기다리던 한 남자가 헬멧을 벗고 말했다.
 "안녕하세요."
 같은 맨션에 사는 아키요시 씨의 남편이었다.

"어머, 안녕하세요."

히와코도 말했다. 서로 웃는 얼굴로 가볍게 인사를 나누었다. 고작 그뿐이었지만, 히와코는 무척 놀랐다. 헬멧을 벗지 않았다면 히와코는 그가 누구인지 몰랐을 테고, 멈춰 서 있는 오토바이 따윈 눈에 들어오지도 않았을 것이다. 그쪽에서 보자면 인사하지 않고 지나칠 수도 있었다. 그런데 굳이 헬멧까지 벗고서ㅡ. 히와코가 생각하기에, 남자란 필요하다 싶으면 대단히 느낌 좋게 행동하지만, 필요에 쫓기지 않는 한 결코 그러지 못하는 생물이다.

저런 남자도 있구나. 거의 믿어지지 않는 기분으로 그렇게 생각했다. 입을 열 필요가 없는데도 자기 쪽에서 먼저 입을 여는 남자가.

아키요시 씨 남편은 반소매 티셔츠를 입고 있었다. 거기서 또 한 번 히와코는 놀랐다. 멋진 팔이었다.

오늘 아침 쇼조는 심기가 불편했다. 일요일인데도 히와코가 일이 잡혀 있으니 그럴 만도 하다 싶지만, 그야 한 달 전부터 알고 있던 일이고, 놀러 나가는 게 아니잖으냐고 생각하자 진저리가 났다.

ㅡ점심은 어떻게 해.

침대에 누운 채 따지듯 쇼조는 말했다

―뭐라도 사오든지, 밖에서 먹든지 해.

대답은 없었다.

옅은 물색 하늘이다. 좁은 길로 들어서자 노상 주차한 차량의 선루프와 차창이 활짝 열려 있고, 남녀의 대화 소리가 들렸다.

"네가 구리다고 해서, 내가 얼마나 신경 쓰는데."

거의 으름장을 놓듯 나직하니 무서운 목소리로 남자가 말하고,

"아하하. 그치만 진짠걸."

태연자약한 여자 목소리가 들린다. 개나리 울타리, 조팝나무 덤불, 드문드문 하얀 꽃을 피운 목련.

직장인 원예점 바로 옆에서 스쳐 지나간 트레이닝복 차림의 커플은, 남자가 아주 열심히 몸짓을 섞어가며,

"머리부터 나오니까, 골반이 그때마다 삐걱삐걱, 삐걱삐걱해서 말이야."

하자, 여자가,

"꺄―, 아파아―."

하고 말했다. 그 후 십대 후반가량의 여자아이 다섯이 자전거

를 탄 채, "이리로 가면 돼?" "오른쪽, 오른쪽." 하면서 지나갔다.

히와코는 미소 짓는다. 다들 벌레처럼 밖으로 나왔구나. 따뜻하니까, 날씨가 좋으니까, 일요일이니까.

그리고 상자를 떠올렸다. 벽장 속에 넣어둔 상자다. 올해야말로 그 상자를 처분할 수 있으려나, 하고.

일을 마치고 슈퍼마켓에서 서둘러 장을 봐 들어오니, 쇼조는 소파에서 선잠을 자고 있었다. 난방을 내내 틀어놨는지 집 안 공기가 건조하다.

"나 왔어."

히와코는 말하고 나서 리모컨을 주워 TV 소리를 줄였다. 컵라면 용기가 떨어져 있어서 쇼조가 점심에 뭘 먹었는지 알았다. 비닐봉지도 떨어져 있기에, 쇼조가 컵라면을 어느 편의점에서 사 왔는지, 차 키가 떨어져 있기에 거기까지 차로 다녀왔다는 것도 알았다. 잠옷이 떨어져 있기에, 외출할 때까지 잠옷 바람으로 버티고 있었으려니 짐작했고, 타월도 떨어져 있기에 쇼조가 낮에 목욕인지 샤워인지를 했다는 것도 알았다.

"물건은 저마다 제자리가 있어."

히와코의 말에 쇼조는 "응." 하고 대답했다.

"뭐든 바닥에 내팽개치는 것 좀 그만해."

쇼조는 다시 한 번 "응."이라고 대답하고, TV 소리를 높였다.

"늦었네. 밥, 뭐야?"

그것이 쇼조 나름의 다녀왔느냐는 인사임을, 히와코는 익히 알고 있다. 그 말 앞에 '어서 와'를 붙여달라고 강요 혹은 애원한들 무슨 의미가 있을까. 결국 언어란 인격이고, 인격에 없는 말을 억지로 발음시켜봤자 그것은 그저 소리에 지나지 않는다.

"오늘은 날이 따뜻하더라."

바닥에 떨어진 것들을 치우고 식사 준비를 하면서 히와코는 말했다.

"낮에 잠깐 산책했거든."

쌀을 씻고, 닭고기의 지방을 제거한다.

"된장국 끓이려면 시간 좀 걸리는데, 통조림 수프라도 괜찮아?"

쇼조는 상관없다고 대답했다.

"이발소 모퉁이에서 들어오는 길 말야, 지금 참 예쁘더라."

술과 간장으로 만든 양념장에 닭고기를 재우고, 파와 생강도 듬뿍 썰어 넣는다.

"목련은 밤이나 저녁에 예쁘지만, 개나리는 낮에 봐야 예뻐. 그 노란색이라니! 알면서도 깜짝 놀라. 그만 발길이 멈춰버린다니까."

쇼조는 응, 하고 대답했다. 오븐을 예열하고, 완두콩 줄기를 집는다.

"버스길 교차로에서 아키요시 씨 남편 만났어. 누군가 했지 뭐야."

오토바이를 타고 있었는데 반소매였다니까, 하고 계속하면서 히와코는 생각했다. 뭐하러 쇼조에게 계속 이야기하는지 모르겠다고. 듣지도 않을 게 뻔한데.

"지난주 일요일하곤 나다니는 사람들 모습이 완전히 달라. 이제 겨울도 다 갔나 봐."

—눈치 챘어?

내가 그렇게 물었었지, 하고 히와코는 문득 떠올린다. 아직 눈이 남은, 쇼조의 고향 마을에서.

친척 아가씨의 결혼식 날이었다. 히와코 딴에는 최대한 사교적으로 행동하고, 그런 때면 늘 그렇듯 피로가 아닌 슬픔을 느끼며, 밤이 되어 시댁의 침실에 든 후에 자신이 분명 그 말을 입에 담았었다.

―눈치 챘어? 어머님이 하시는 말, 전부 완결형으로 끝나는 거.

혼잣말을 하여 마무리 지으려는 시도. 그때 히와코는 시어머니의 말투를 그렇게 표현했다.

심장이 차가워진다.

히와코는 부엌에서 움직임을 멈추고, 수도꼭지를 물끄러미 응시했다. 히와코에게는 승복하기 힘든 일이었다. 승복하기 힘든 일이지만 확실히 지금 상황은 시어머니의 그것과 닮았다. 낮에 본 것들에 대해 혼자 이야기하고, 결론 비슷한 것까지 내려 대화로서의 모양새를 갖추기.

문제는 그러한 상황이 실제로 일어나고 만다는 점이다.

"쇼짱."

테이블 위를 치우고 식기를 늘어놓으면서 히와코는 말했다.

"당신이 없는 데서 내가 어떠냐면 말이지, 말수가 없어진다는 거, 알아?"

계절마다 바꾸는 젓가락 받침으론 요 며칠 꽃조개 모양을 본뜬 것으로 내놓고 있다.
"응."
TV 소리 틈새로 쇼조가 대답한다.
"그 점에 대해 당신, 어떻게 생각해?"
내내 틀어놓은 난방, 기름을 발라가며 오븐에서 익히고 있는 닭고기 냄새, 전기밥솥이 내는 소리. '응'이라고 대답하지 말아달라고, 히와코는 바란다. 단 한순간인데도, 그사이에 히와코는 늘 바란다. 어찌 되었든, 바란다.
그리고 쿡쿡 웃고 만다. 쇼조가 어김없이 "응."이라고 대답하기 때문이다. 기대대로. 예상한 일을 기대라고 한다면, 그건 분명 히와코의 기대대로다. 그 모순에 히와코는 매번 신선하게 놀란다.
"어떻게 생각하느냐고 물었어."
수프를 냄비에 부으면서 다시 한 번 말했다.
"뭘?"
되묻기에 설명했다.
"내가 평소에 비교적 말이 없다는 점에 대해서 말야. 어려서부터 쭉 그래왔다는 것에 대해서."

냉장고를 열고 샐러드 준비에 들어간다.

"아아. 응, 낯가림을 하니까. 비교적 말수가 적은 것 같아."

쇼조가 대답한다. 히와코는 또다시 자신의 동작이 멈춘 사실을 깨닫는다. 숨도 멎어 있다. 가까스로 숨을 토해냈다. 경수채 다발을 손에 든 채 거실로 나가 방 한가운데에 섰다. 쇼조가 드러누워 있는 소파의 딱 발치 위치다.

"그 말은 아까 이미 들었어."

놀란 얼굴의 쇼조와 눈이 마주쳤다.

"그 점에 대해 어떻게 생각하느냐고 물었던 거야. 당신이랑 있을 때 내가 혼자서 떠들지 않고는 견딜 수 없다는 사실에 대해, 당신은 어떻게 생각하느냐고 물었어."

"뭐?"

"그러니까—."

말하려다 입을 다물었다.

"그만 됐어."

야채를 씻어 소쿠리에 담았다. 자신이 심술을 부린 것만 같아 슬퍼진다. 그만 됐어. 한숨 섞어 그런 말을 하다니, 심하게 심술궂은 행동이다. 싱크대 안쪽 창가에는, 머리에 날개 장식을 단

인형 모양의 저금통이 놓여 있다. 근처 공원에서 열린 알뜰 시장에서 쇼조가 사준 것이다. 히와코는 그 인형이 마음에 안 든다. 지저분하고, 무서운 얼굴이라서.

―자.

싱글벙글하며 내민 그것은, 그러나 히와코를 기쁘게 해주려는 선물이었다. 멍하니 인형을 보고 있는 사이 시야가 흐려지고, 히와코는 자신이 울기 직전임을 깨닫는다. 어처구니가 없다. 이깟 일로 울다니 정말이지 어이가 없다. 오븐을 열고, 구워진 상태를 확인한 후에 양념장과 기름을 스푼으로 떠서 다시 한 번 고루 끼얹는다. 수프 냄비를 불에 얹고, 콩을 꼬투리째 살짝 볶았다.

쇼조에게 악의가 없는 이상 히와코 쪽에 악의가 있는 거겠지.

"가끔 말야 당신 보면, 품위 있는 사람이구나 하는 생각이 들어."

식사를 하면서, 히와코는 말했다.

"감정을 절대로 입 밖에 내지 않잖아?"

응, 하고 쇼조는 대답했다.

"쇼짱네 집안사람들도 그렇고 말이야."

히와코는 자신이 쇼조 앞에서만 수다스러워지는 이유를 이제
야 알았다. 뭔가 켕기는 거다. 뭔가 켕기니까, 적어도 이야기는
제대로 했다고 느끼고 싶은 거다.
 "왜 있잖아, 옛날 귀족 사회 같은 데선 감정을 함부로 말로 드
러내는 건 품위 없는 일이라고 여겼다잖아?"
 "아아, 응."
 "그러니까 예스, 노로 대답할 수 없는 질문에 익숙하지 않은
거지."
 비아냥거릴 생각은 없었다. 진실이라고 느꼈다. 히와코만 해
도 시댁에서는 예스, 노로 대답할 수 없는 질문을 받은 예가 없
다. 맛있니? 맛없니? 좋든? 안 좋든? 부모님은 별고 없으시니? 건
강은 괜찮으시고? 거기다 대고 무심코 예스, 노 이외의 말을 덧
붙이면, 그 사람들에게는 그 말이 외국어처럼 울리는 것 같다.
 "말이 오가는 게 아니라, 선의만이 있는 거지."
 그러고 보면 참으로 아름다운 일일지도 모르겠다고, 히와코는
생각한다.
 "그런데 쇼짱, 듣고 있어?"
 안 듣고 있다는 건 알고 있었다. TV에 정신이 팔린 나머지 아

예 의자째 옆으로 돌려 앉아 있으니까.

"듣고 있어."

쇼조는 대답했다.

"선의지."

"그래. 바로 앉아 먹어."

쇼조는 그 말을 따랐다.

2분 후 쇼조의 의자가 다시 옆을 향했을 때 히와코는 쿡쿡 웃음을 터뜨리고 말았다. 집 안을 치우다가 요리를 하다가, 울다가 웃다가, 이 사람과 있으면 나만 몹시 분주하다. 그런 사실이 행복하게 느껴졌다. 히와코가 생각하기론, 무언가를 느끼지 않는 것보다 느끼는 쪽이 행복하다. 그리고 그런 의미에서 자신이 쇼조보다 늘 행복하니까 켕기는 것이다.

"바로 앉아 먹어."

히와코는 거듭 말했다.

"말을 아끼는 건 품위가 있는지 모르겠지만, 남의 이야기를 듣지 않는 것까지 품위 있다고는 볼 수 없을 것 같아."

"품위?"

쇼조는 이상하다는 듯 되묻는다. 쇼조가 오늘 밤 처음으로 귀에 담은 단어인 게 분명했다.

이튿날도 날씨가 좋았다. 평소보다 공들여 청소를 하고 커튼을 빨았다. 봄. 오늘은 반드시 상자를 처분하리라 히와코는 마음먹고 있다. 벽장 속에서 그것을 꺼낸다. 맨 앞에 놓여 있는 의류함이며 가습기를 들어내고, 네 발로 기어들어가 어둠 속에서.

침실에 워낙 볕이 잘 들다 보니, 박스 테이프로 봉해놓은 그 골판지 상자는 밖으로 끄집어낸 순간 방 안의 밝음에 당황하는 듯 보였다. 뭐가 들었는지 뻔히 아는데도 상자를 열자니 용기가 필요했다. 히와코는 한차례 심호흡을 했다. 시선 끄트머리로 서랍장 위의 빨간 물체를 포착한다. 지익 혹은 부욱 소리를 내며 박스 테이프를 뜯었다. 채워 넣은 물건들의 형태와 색깔—빨강—이 곧장 눈 안으로 튀어 들어온다. 크리스마스용으로 시판되는 과자들이다. 빨간 장화 모양의 용기 안에 초콜릿이니 네모난 떡 과자 따위가 잡다하게 들어차 있다.

골판지 상자와 마찬가지로 안에 든 물건들도 난데없는 햇살에 당황하는 듯 보였다. 장화 과자 열한 개가 조용히 은밀하게 호흡하고 있다. 히와코는 거기서 눈을 뗄 수가 없다. 하물며 처분이라니, 도저히 불가능하다.

서랍장 위에서 열두 개째 장화 과자를 집어 재빨리 상자에 넣고 뚜껑을 덮었다. 붉은 색깔들이 시야에서 사라지자 한숨 놓고, 박스 테이프를 가지러 신발장으로 갔다.

이 상자의 존재를 쇼조는 알지 못한다.

―선물.

매년 크리스마스에 쇼조는 그것을 사온다. 처음엔 히와코도 귀여운 선물이라고 생각했다.

―어린애가 된 기분이야.

기쁜 마음에 그렇게 말하고 침실 서랍장 위에 장식해두었다. 안에 채워진 과자는 먹지 않았다. 봄이 되니 계절에 맞지 않아 보였지만, 왠지 버릴 수가 없어서 그대로 벽장에 넣어두었다. 오도카니. 벽장을 열 때마다 눈에 들어왔지만, 그때마다 흐뭇한 기분이 들었다. 쇼조가 준 어린아이 같은 선물.

이듬해에도 같은 일이 벌어졌다. 그 이듬해에도. 그러던 어느 날 문득 히와코는 깨달았다. 그것을 보아도 더 이상 흐뭇한 기분이 들지 않는다는 것을. 홀연히―. 그건 슬픈 일이었다. 무언가 되돌릴 수 없는 짓을 저지르고 난 후와 같은 기분이었다.

―올해는 그거 안 사왔으면 좋겠어.

쇼조에게 그 말을 한 때가 4년째였는지 5년째였는지, 히와코는 이미 기억해낼 수 없다.

―왜?

그렇게 쇼조가 물었던 건 기억한다.

―이제 갖고 싶지 않아.

히와코는 솔직하게 대답했다. 그러나 쇼조에게는 그 말이 통하지 않았던 것이다.

―거치적거려.

―그 과자, 전혀 맛있어 보이지도 않고, 장식으로도 솔직히 별로라는 생각이 들어.

히와코의 말은 점점 신랄해졌다.

―처치 곤란이야. 싫다니까.

―대체 당신은 왜 그리 고집스럽게 그걸 사들이는데?

―그 장화, 어쩐지 강박적이야. 요즘 난 그거에 증오마저 느낀다구.

히와코로서는 믿을 수 없는 일이었지만, 쇼조는 그럼에도 꽤 넘치지 않는 듯했다. 싱긋 웃으며, 뭐 괜찮잖아, 크리스마스니까, 라는 거다. 급기야 히와코는 쇼조가 그것을 손에 들고 현관에 들어서는 모습만 봐도 쿡쿡 웃음을 터뜨리게 되었다.

히와코는 빨간 장화 과자가 자신과 쇼조의 결혼생활과 비슷하다고 느꼈다. 서로 어긋나는 상징처럼.

그러다 보니 히와코 스스로도 설명 못할 어떤 이유 때문에, 선뜻 그것을 버리지 못했던 것이다. 빨간, 고전적인 모양새의, 새 것 같고, 반들반들한 쾌활함이 더해진 장화. 내버리기에는 너무나 티 없는 모습을 하고 있다. 그런 것을 정색하고 미워하는 건 어른답지 못할뿐더러 몰인정한 행동이 아닐까. 장화는 쇼조의 선의(善意) 자체이자 자신의 어리석음 자체 같다고 히와코는 느낀다.

결국 올해도 그것을 버리지 못했다. 볕이 잘 드는 침실에 서서, 히와코는 두려운 마음으로 응시한다. 지금 막 다시 봉한 낡은 골판지 상자를. 상자 속에 있는데도, 내용물 하나하나가 확실하게 숨 쉬고 있다는 것을 히와코는 느낄 수 있다. 아무의 눈도 닿지 않는 조용한 장소에서, 묘하도록 생생하게.

밤

　모스크바 뮬이라는 시원한 연녹색 칵테일을 홀짝이며, 히와코는 쇼조가 보고 싶단 생각을 하고 있다. 세련된 분위기의, 지독하게 어두운 바 카운터 앞에 앉아.
　히와코가 반나절 집을 비웠으니 집 안은 보나마나 어질러져 있으리라. TV도 있는 대로 크게 틀어놓았을 게 뻔하다. 쇼조는 출근 때의 양복 차림과는 전혀 딴판인 칠칠치 못한 트레이닝복 바람으로 거실 바닥이나 소파에 드러누워, 이불도 덮지 않고 선잠을 자고 있을지 모른다. 눈부시게 밝은 방 안에서.
　"가게가 근사하네."
　히와코는 학창 시절 친구인 사와타리 아케미에게 말하며 미소 짓는다. 가게가 워낙 조용해서 저절로 목소리가 낮아졌다.
　"그렇지? 요즘 마음에 들어서, 가끔 와."

스툴에 모양 좋은 다리를 꼬고 앉아, 작은 유리잔 안의 올리브를 집어 올려 응시하면서 사와타리 아케미는 대답했다. 올리브를 입에 넣고 손가락 끝을 종이 냅킨으로 닦는다. 옛날 라디오가 연상되는 음질로, 분위기 있는 재즈곡이 흐르고 있다.

"부럽다."

히와코는 말했다.

"착실하게 일하고, 퇴근 후에 이런 데서 잠들기 전 술 한잔이라. 그런 생활, 어쩐지 무척 우아한 느낌이야."

"우아? 관둬 얘."

옛 친구는 우습다는 듯이 웃는다. 학창 시절 친하게 지낸 네 사람 중에서 사와타리 아케미만 지금껏 독신이다. 학교 때와 마찬가지로 부모님과 함께 살며, 증권회사에 근무하고 있다.

— 히와코, 좀 더 있다 들어가도 괜찮겠니?

여자만 넷이서 도미 카르파초니 머위 순 파스타니, 눈에 선한 요리를 잔뜩 왁자하게 먹고서 가게를 나왔을 참에 아케미가 청했다. 나야 상관없지만, 하고 대답하자 나머지 두 친구가 입을 모아 말했다.

"좋겠다, 나도 가고 싶어."

말은 그렇게 했지만 부산히—그리고 소란스레—지하철 입구로 사라졌다. 두 친구 다 잘 닦인 하이힐을 신고 있던 모습이 히와코의 인상에 남았다. 오래간만의 밤 외출을 위해.
"그나저나 놀랍지 않니, 요우코 이야기."
느긋한 표정으로 아케미가 말하자 히와코는 진짜, 하고 맞장구를 친다.
가니에(결혼 전에는 스즈키) 요우코는 작년에 남편이 바람을 피우자 이혼하겠단 작정 아래 아이까지 데리고 친정으로 돌아갔다. 요우코가 그 사실을 알게 된 건, 익명의 여자한테서 걸려온 전화 때문이었다고 한다. 남편은 처음에는 부정했지만, 구체적인 밀회 일시며 장소, 상대 여자의 이름에다 처지—이혼했고 아이가 하나 있다—까지 요우코가 알고 있다고 판단하자마자 바람피운 사실을 시인했다. 정리할 테니까 그녀를 끌어들이지 말아달라, 그렇게 말했다고 한다.
"믿기질 않아, 어쩐지."
이미 다 지난 일이니까 하는 말이지만, 하면서 서두를 꺼내고, 그럼에도 분한 기색으로 일련의 사건들을 이야기한 친구의 표정을 떠올리며 히와코는 중얼거린다. 연녹색 칵테일을 홀짝였다.

"그러니. 난 믿어지는데."

가벼운 말투로 아케미는 말한다.

"세상에는 히와코 네가 생각하는 것보다 훨씬 많이, 그런 일들이 일어나고 있어."

그야 그럴지도 모르겠지만, 하고 생각했다. 모르겠지만의 뒤는 히와코 자신도 잘 모른다.

"그래도, 역시 믿기질 않아."

되풀이 말하고, 삶은 땅콩을 집었다. 삶은 땅콩과 말린 무화과. 아케미가 익숙한 솜씨로 주문한 안주거리다.

아케미가 후후후 웃는다. 워낙 단정한 생김새지만, 교묘한 화장 덕에 큰 눈이 한층 더 뚜렷하고 매력적으로 보인다.

히와코는 석연치 않은 기분으로 다시 땅콩을 입에 넣었다. 세상에 불륜의 사랑이 존재한다는 건 알고 있다. 그렇다면, 나는 대체 뭐가 믿어지지 않는다는 걸까. 땅콩은 부드럽고 그리운 맛이 났다.

"정말로 정리된 걸까."

레스토랑에서 아무도 입에 담지 못했던 의문을, 아케미가 소리 내어 말했다.

"그 애 남편 말이야."

히와코가 뭐라고 말할 새도 주지 않고 그렇게 잇는다. 그 애 남편. 아케미의 말에 이끌려, 히와코의 뇌리에도 몇 번인가 만난 적 있는 그 사람의 모습이 떠올랐다. 작은 체구에 조금 살집이 있는, 사람 좋아 보이던 남자.

적어도 요우코 말로는, 남편과 상대 여자가 완전히 헤어졌다고 했다. 그것을 확신한 데다, 남편의 애원을 받아들여 다시 집으로 들어갔다고 했다. 중학생인 아들에게도 속사정을 숨길 수 없어, 남편은 아내와 아들 모두에게 잘못을 빌었다고 한다.

요우코는 넷 중에서 가장 먼저 결혼했다. 두 번째가 치나미이고, 세 번째가 히와코였다. 화려한 결혼식이 유행이었지만, 요우코는 수수하게 혼인 신고만 하고 작은 레스토랑에서 피로연을 겸한 식사 모임만 치렀다. 화려했던 건 치나미의 결혼식이다. 이미 첫아이를 임신한 상태였지만, 눈에 띄기 시작한 체형 변화를 아랑곳하지 않고 드레스를 네 벌이나 갈아입어 보였다.

그때 일을 떠올리며 히와코는 미소 짓는다. 먼 나날들의 기억.

"요우코, 학교 다닐 때 DJ 경연대회 같은 데서 우승했었는데."

두 잔째 술을 주문하고 아케미가 말했다.

"그래 맞아. 방송연구회랑 꽃꽂이부 두 군데 다 들어 있었지."
더욱 먼 나날들의 기억이다.
"치나미는 서핑이랑 골프를 했고, 너랑 나는 아무것도 안 하는 파였어."
아케미는 말하고, 유쾌하게 웃었다.
"그래그래. 아무것도 안 하는 파였어."
히와코도 웃었지만, 그럼 뭘하며 보냈을까 생각하다, 도무지 떠오르지 않는다는 사실에 설핏 불안이 싹트는 것을 느낀다. 자신의 인생에 쇼조가 없었던 시절.
"그래도 오늘은 잘됐다. 가끔은 히와코 너랑 느긋하게 마시고 싶었거든."
시간 아직 괜찮지? 하고 아케미는 말했다. 한 잔 더 시킬 테니까, 라며.
"그리 느긋하게 있을 수만도 없지만."
그래도 한 잔 정도는, 라고 말을 맺고서 히와코는 같은 것을 주문했다.
"급해? 어째서?"
아케미는 이상하다는 듯 묻는다. 어째서일까. 히와코는 골똘히 생각한다. 어째서 나는 급한 걸까. 저녁은 준비해놓고 나왔다. 쇼조는 그것들을 데워서 이미 다 먹었을 것이다. 어묵과 밥과 시금치 깨무침. 딸기도 씻어 꼭지를 떼어놓았다. 욕실에는 깨끗한 타월과 잠옷.

집 안을 생각하기만 해도, 히와코는 그곳으로 돌아가고 싶어진다.

"다무라 씨는 잘 있고?"

달리 무슨 이야기를 해야 할지 몰라, 히와코는 우선 그렇게 물었다. 다무라 아무개는 아케미의 연인이다. 같은 증권 회사에 근무하고 있다. 한 살 연하에 독신이라고 한다.

"잘 있어."

아주 살짝 고개를 기울여 미소 짓고는 부드러운 목소리로 대답했다. 아직 정열이 지속되고 있는가 보다고 히와코는 생각했다.

―엄청난 사랑에 빠졌어.

비밀스러운, 그럼에도 흥분을 주체하지 못하는 어조로 아케미가 그렇게 보고해온 지도 벌써 여러 해가 지났다. 6년, 아니 7년인가.

―옛날부터 알던 사람인 듯한 기분이 들어. 태어나자마자 헤

어진 쌍둥이라고 해도 곧이 믿을 만큼.

그때 아케미는 그렇게 말했다.

―그거 아니? 뭐든 너무 잘 맞아. 그런가 하면, 깜짝 놀랄 만큼 모든 걸 바꿔버리는 거야. 그거 아니?

그랬다. 히와코는 생각해낸다. 장소는 산부인과 병실이었다. 치나미가 둘째 아이를 낳았다기에 다 함께 들여다보러 갔던 그때, 전해들은 뉴스였다. 그때 그 갓난아기는 지금 초등학교 2학년인가 3학년이 되어 있다.

"여전히 따끈따끈한 거야?"

농담처럼 묻고, 자신이 사용한 어휘에 스스로 놀랐다.

"그냥 그렇지 뭐."

아케미는 대답하고, 정월에 둘이서 도호쿠 지방으로 여행 갔던 일이며, 다무라 아무개가 항상 현실을 냉정하게 받아들여서 믿음직하고, 지난달 아케미의 아버지가 쓰러지셨을 때도 의사의 설명을 함께 들어주는 등 큰 힘이 되었다는 이야기를 했다.

"멋진 사람이구나."

히와코는 손목시계에 눈길이 가지 않도록 신경 쓰면서 말했다. 친구의 연애사에 흥미가 없지는 않았지만, 히와코에게는 어쩐지 먼 날의 일, 예를 들면 요우코가 방송연구회에 소속되어 있던 일과 비슷하게 느껴졌다.

"그냥 그렇지 뭐."

다시 한 번 말하고, 사와타리 아케미는 미소 짓는다. 어째서일까. 히와코는 또다시 생각한다. 이건 현재의 이야기인데, 어째서면 옛날 일처럼 들리는 걸까. 아케미는 이젠 연인과의 속궁합이 좋다는 이야기까지 털어놓고 있다.

"무서울 정도야. 그 사람 몸에 숨은 정열뿐 아니라, 내 몸이 그렇다는 데에도 놀란다니까."

"부럽다."

히와코는 유일하게 떠오른 적당하다 싶은 맞장구를 쳤지만, 누가 봐도 빤한 공치사였다. 그런 남성의 존재를 바라는 것도 아니고, 물론 쇼조와의 사이에 그런 일이 일어나기를 바라지도 않았다.

부럽기는커녕, 그런 일을 넉살 좋게 이야기하는 아케미에게 동정마저 느끼며 당황한다.

밍밍하고 약간 단맛이 나는 칵테일을 목구멍으로 넘기며 생각한다. 쇼조는 벌써 목욕했을까.

―목욕하러 들어갈 때는 TV 좀 꺼.

히와코가 말하면 쇼조는,

―어, 응.

하고 대답한다. 대답은 하지만 TV는 계속 틀어놓는다. 아무리 좁은 맨션이라지만, 욕실 안에서 그 소리가 제대로 들릴 리도 없는데.

쇼조는 욕조 안에 신문이나 잡지를 가지고 들어가 읽는다. 목욕 후에는 젖은 몸을 닦는 둥 마는 둥 목욕 타월을 두른 채 물을 뚝뚝 흘리며 침대에 올라간다. 쇼조의 표면적 크기에, 그리고 거기에 축적된 물방울의 엄청난 수량에 히와코는 매번 놀란다. 이윽고 쇼조는 벌떡 일어나 잠옷을 입지만, 젖은 타월은 시트와 이불 사이 어딘가에 그대로 방치된다.

"이런 이야기, 히와코 너한테밖에 할 수가 없어."

카운터에 얹은 한쪽 팔로 얼굴을 괴고, 쑥스러운 듯 웃으며 아케미는 말했다.

히와코는 자기 자신이 싫어졌다. 아케미는 자랑삼아 이야기하고 있는데, 그런 친구에게 동정심이 들다니. 그녀를 동정할 정도의 어떠한 행복을 내가 가지고 있다는 걸까.

손목시계를 보니 10시 반이 넘어 있었다. 이런 시간에 바깥에 있자니 불안했다.

"사와타리 씨."

바텐더의 낮고 부드러운 목소리에 이어 붉은 와인이 담긴 유리잔 두 개가 두 사람 앞에 놓였다.

"기타하라 씨께서 보내셨습니다."

바텐더가 카운터 끝에 앉은 남자를 흘끗 보며 말했다.

"어머, 좋아라."

아케미는 시원스레 말하고, 기타하라 씨로 불린 남자를 향해 유리잔을 들어올려 보인다. 팔꿈치를 쿡쿡 찔렸지만, 아케미처럼 하진 못하고 히와코는 가볍게 목례만 했다.

"여기 단골인데, 가끔 이야기도 나눠."

아케미가 작은 소리로 설명해준다.

"광고 회사의 높은 분이라나 봐."

"놀래라."

히와코는 말했다. 히와코 생각에, 모르는 사람이 술을 산다는 건 외국 영화 속에서나 일어나는 일이다.

"이래도 괜찮나 모르겠네."

밤 173

모스크바 뮬 유리잔은 비어 있었지만, 히와코는 눈앞의 와인에 입을 댈 마음이 나지 않았다.

"당연히 괜찮지."

생긋 웃으며 아케미는 말한다.

"히와코 네가 마음에 든 거 아냐? 나야, 늘 그 사람이랑 오는 걸 봤을 테고."

"설마."

농담이라는 건 알고 있었다. 웃고서, 조금 마시다 집에 돌아가면 되는 거다.

"진짜야. 너 예쁘잖아. 옅은 화장에, 젊어 보이고."

어린애 같다는 생각이 들었지만, 그것은 공포였다. 세상에는 타인이 타인에게 술을 사주기도 하는 것이다.

히와코는 일어서고 있었다.

"나, 그만 가야겠어."

백에서 지갑을 꺼낸다.

"바보 같긴. 괜찮으니까 다시 앉아."

아케미는 웃고 있다.

"농담이야. 괜찮아. 저 사람 늘 이러는걸. 남녀를 불문하고, 한

잔 쏘는 걸 좋아할 뿐이야."

어린애 같다. 이래서는 아케미를 곤란하게 만들 뿐이고, 저 남자에게도 실례다.

"미안해. 하지만 나, 이제 정말 가봐야 돼."

지하철은 아직 운행 중이었고, 혼잡하기까지 했다. 남자, 여자, 교복 차림의 고등학생들도 보인다. 출입문 여닫는 소리, 단조로운 안내방송, 무표정한 사람들. 누군가가 빨고 있는 사탕 냄새가 난다. 차 안의 밝기와 숨 막힐 듯한 훈김에, 히와코는 우스우리만치 안도했다.

"기가 막힌다."

아케미는 반쯤 화가 나 있다.

"꼭 그런 타이밍에 일어설 건 뭐니? 어디 몸이라도 안 좋은 줄 알고 놀랐잖아."

"미안해."

히와코는 사과하고, 고개를 움츠렸다.

"그렇게 빨리 집에 가고 싶었어?"

따지듯 묻자 대답이 궁해졌다. 그때 느낀 어린애 같은 공포를 어떻게 설명해야 친구가 알아줄까. 대관절, 그건 무엇에 대한 공포였을까.

"테니스 배운다고, 말했던가."

히와코의 설명은 자기 귀에조차 난데없이 울렸다.

"레슨 후에, 다른 사람들은 다 라운지에서 느긋하게 쉬는데, 나는 아무래도 그게 안 되는 거야. 집이 가까워서겠거니 싶었지. 가까우니까, 거기서 쉬느니 얼른 집에 돌아가는 게 간단하고 편해서일 거라고."

우습지? 하고 말을 잇고는 쿡쿡 웃음을 터뜨리고 만다.

"급할 것 하나 없는데 나도 모르게 마음이 급해져버려. 기다리는 아이가 있는 것도 아니고, 아케미 너처럼 따끈따끈하지도 않은데 말야."

우습지, 하고 히와코는 되풀이한다. 쇼조가 보고 싶어졌다.

"밤에 밖에 나와 있으면 불안해. 익숙해지질 않아."

익숙해지면 쇼조를 잃을 것만 같다, 라는 말은 하지 않았다.

"남편, 엄하니?"

아케미의 질문에 히와코는 심한 위화감을 느낀다.

"아니."

묘하게 딱 잘라 대답했다. 아니, 그렇지 않아. 쇼짱이 아내의 외출을 달가워하지 않는 건 맞지만, 나는 그게 두려운 게 아니야.

"옛날엔 밤이 아군이었으니까."

대신 히와코는 그렇게 말했다.

"그때를 기억해내는 게 두려운 걸 거야. 간단히 떠올릴 수 있다는 걸 아니까 말이야."

짧은 침묵이 생겨났다. 창유리에 두 사람의 모습이 비친다. 아주 젊진 않아도 그리 나이 먹은 축에도 끼지 않는 두 여자다. 베이지색 트렌치코트 차림의 아케미와, 하얀 니트 재킷을 입은 히와코.

"잘은 모르겠지만."

아케미가 말한다.

"잘은 모르겠지만 보통일은 아닌 것 같다."

"큰일이지."

대답하고 히와코는 웃는다. 웃으면서 문득 이해한다. 가니에 요우코의 이야기를 듣고 믿기지 않았던 건, 그 애 남편이 바람을 피웠다는 사실이 아니라, 그럼에도 다시 함께 살기로 결정한 요우코였다.

"밤이 아군이었을 무렵이라."

 농으로 돌리듯 아케미가 말하고, 히와코는 빨리 돌아가고 싶다는 생각만 골똘히 하면서 지하철 안의 광고를 읽는 척하고 있다.

 집에 돌아가면, 쇼조는 언짢은 얼굴로 기다리고 있겠지. 목욕하고 나니 추웠다는 둥 냄비에 데었다는 둥 소소한 푸념을 하리라.

 ─즐거웠어.

 히와코는 아마도 그런 말과 함께 레스토랑 분위기가 좋았다고 이야기하리라.

 ─그 후에 멋진 바에 갔어. 아케미는 애인이랑 따끈따끈하더라. 따끈따끈이라는 말, 내가 쓰리라고는 생각도 못해서 그만 웃어버렸어.

 쇼조는 몹시 언짢은 표정으로 아무 말 하지 않으리라. 눈에 선했다. 방마다 불이 환하고, TV도 두 대 다 켜져 있다. 양복은 바닥에 떨어져 있고, 밥 먹고 난 그릇들은 죄 식탁에 벌려둔 채이리라.

 그렇더라도─. 지하철 손잡이에 매달려, 아케미의 옆얼굴을 보면서 히와코는 생각한다. 그렇더라도, 자신의 부재가 아무에게도 영향을 주지 않는 나날로 돌아가고 싶진 않았다. 그건 너무 쓸쓸할 것 같다. 너무 쓸쓸하고, 그리고 너무나 불안할 것 같다.

택시를 타고 갈 걸 그랬다는 생각이 들었다. 그러면 적어도 일직선으로 집을 향해 가고 있다고 생각할 수 있다.

"바에 데려가줘서 고마워."

내릴 역이 가까워오자, 히와코는 조심조심 입을 열었다.

"웃을지 모르지만, 즐거웠어."

한순간 공백이 흐른 후에 어처구니없다는 듯이 옛 친구가 웃었다.

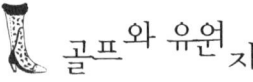 골프와 유언지

 오늘은 결혼기념일이니까 쇼짱이 좋아하는 일을 하면서 보내자고 제안한 건 히와코였다. 결혼기념일이, 올해는 마침 토요일이었다.
 골프 연습을 하러 가고 싶다는 쇼조의 말에, 두 사람은 집에서 차로 15분 거리인 골프 연습장에 와 있다. 2층의 부스를 배정받아 두 사람은 엘리베이터를 타고 올라갔다.
 "재미있네."
 골프 연습장이라는 곳에 처음 와보는 히와코에겐 모든 것이 신선하게 보인다. 접수처 여성의 새침한 태도도, 로비 라운지의 유리장에 진열된 화려한 트로피들도, 다른 손님의 풍모며 나이며 걸쳐 입은 골프웨어의 튀는 정도도.
 "400엔 넣어줘."

재촉하는 대로 네모난 기계에 잔돈을 넣었다. 와그르르, 툭툭, 깜짝 놀랄 만큼 큰 소리를 내며 골프공이 바구니 가득 떨어졌다.

"재미있다."

금방이라도 비가 내릴 듯한 흐린 하늘이다. 히와코는 부스에 구비되어 있는 의자에 걸터앉아 쇼조가 어디선가 가져다준 종이 물수건―개별 포장되어 있다―으로 손을 닦았다. 쇼조가 또다시 어딘가에서 얼음물이 담긴 작은 종이컵을 두 개 가져온다.

"고마워."

히와코는 말하고, 하나를 받아들었다. 재미있다고 생각한다. 집에서는 아무 일도 안 하는 쇼짱인데, 이곳에선 꽤나 친절하고 바지런하다. 차가운 얼음물이 무척 맛있다. 히와코는 문고본을 펼쳤다.

미국의 거대 유원지에 악당들이 나타나 놀이기구에 폭탄을 장치하고 몰래 컴퓨터를 조작하여 혼란을 일으킨다는 내용의 소설이다. 테니스 친구인 후쿠다 씨가 빌려주었다.

―얼마나 재미있다구. 한번 읽기 시작하면 손에서 떼어놓질 못한다니까.

후쿠다 씨는 그렇게 말했다. 히와코는 책을 빌려보는 것을 좋아하지 않는다.

—제목을 가르쳐주시면, 사서 볼게요.

그래서 그렇게 말했지만, 후쿠다 씨는 웃으며,

—괜찮아요 괜찮아, 이거 가져가요. 난 이미 다 읽었고, 언제 돌려줘도 상관없으니까.

라고, 억양 있는 아줌마 수다로 숨도 쉬지 않고 말하더니, 책방의 북커버가 씌워진 두툼한 문고본을 강권하다시피 히와코의 토트백에 밀어 넣었다.

확실히 푹 빠져들게 하는 줄거리였다. 히와코는 그저께부터 읽기 시작하여 300쪽까지 나갔다.

쇼조는 한 손에만 장갑을 끼고, 커다란 등을 구부려 클럽 자세를 잡는다. 클럽을 위로 치켜 올렸다가 내리고, 이윽고 공을 쳐 올린다. 둔한 소리를 남기고 대기 중으로 튀어나간 공은 완만하게 낙하하여 지저분한 인공 잔디 위에서 금세 다른 공들과 뒤섞여버린다.

히와코는 쇼조 옆에서 책 읽는 것을 좋아한다. 쇼조가 책 속에 들어오는 일은 절대 없다.

여기저기서 유혈 참사가 빚어지는 미국의 거대 유원지에 히와코는 와 있다. 그곳에는 매력적인 컴퓨터 프로그래머와 그의 딸, 프로그래머를 둘러싼 두 여자, 그리고 무척 강인하고 현명한 남자가 한 명 유원지의 손님으로 등장하여 활약하고 있다.

책장을 넘기면서 히와코는 신기한 기분에 젖는다. 살짝 땀에 젖어 공을 치는 데 여념이 없는 쇼조는 모르고 있는 것이다. 나는 지금 '그곳'에 있는데.

이를테면 어제—. 얼굴을 들고, 잔뜩 찌푸린 하늘과 삼면을 에워싼 녹색 망을 보면서 히와코는 생각한다. 이를테면 어제, 내가 직장에서 어떤 하루를 보냈는지 쇼짱이 모르는 것과 비슷하다. 또는 내가 직장에서의 쇼짱을 전혀 모르는 것과.

하지만 그것은 존재한다.

이렇게 여기에 있으면, 우리는 아마도 사이좋은 부부로 보이겠지. 쇼조가 가져다준 물을 한 모금 마시며 히와코는 생각한다. 그렇지만 쇼짱은 나의, 나는 쇼짱의, 대체 무얼 알고 있다는 걸까.

공을 퍼 올리듯 친 순간 쇼조가 어렴풋이, 그러나 하나 칠 적마다 "웃." 혹은 "훗." 하는 소리를 낸다는 걸 문득 깨닫고 히와코는 살포시 미소 짓는다.

"어디 가?"

골프와 유원지 183

의자에서 일어서자, 쇼조가 불러 세웠다.

"화장실?"

히와코의 대답도 기다리지 않고 쇼조는 그렇게 말하더니, 클럽을 놓고 앞장서서 통로로 나간다.

"아니. 잠깐 탐험."

자동판매기 근처를 가리키며 히와코는 말했다.

"하는 김에 뭐 좀 사올까?"

저기야, 하고 쇼조는 말했다. 히와코가 가리킨 곳과 전혀 다른 방향을 보고 있다.

"저 계단 옆. 저기가 화장실이야."

그곳은 두 사람이 있는 부스에서 엎어지면 코 닿을 데였다. 파랗고 빨간 신사와 숙녀 그림 표지판이 보인다.

"알았어."

히와코가 대답하자 쇼조는 화장실로 한층 다가가며 말했다.

"갔다 와도 돼. 여기서 기다릴 테니까."

히와코는 쇼조를 찬찬히 보았다. 긴소매 폴로셔츠에 치노 팬츠. 군데군데 백발이 보이는 머리칼과, 지방이 붙기 시작한 몸통.

"여기서 기다릴 테니까 갔다 오라고?"

무심코 복창했다.

"어째서? 난 잠깐 탐험하고 오겠다고 말했어."

쇼조는 난감한 듯 그저 우뚝 서 있다.

"게다가 그 후에 만약 화장실에 간다 해도, 물론 혼자서 다녀올 수 있어."

쇼조는 움직이지 않는다.

"그러니까 쇼짱은 돌아가서, 치고 있어."

히와코로서는 이해할 수 없는 일이었지만, 쇼조는 야단맞은 어린애 같은 표정으로, 그럼에도 여전히 꼼짝 않고 말했다.

"갔다 와."

히와코는 허를 찔린다.

"갔다 올게."

라고 대답했다. 까닭 모를 안타까움에 사로잡혔다.

화장실에서 나오자, 쇼조는 그곳에 묵직이 서 있었다. 야단맞은 어린애 같은 표정은 이미 아니었다. 아내의 쇼핑에 마지못해 따라나선, 심기 언짢은 중년 남성 같은 표정이다.

"기다리게 해서 미안해."

히와코는 말하고, 일단 부스로―어차피 엎어지면 코 닿을 데니까—되돌아와, 다시금 쇼조에게 말했다.

"잠깐 저쪽의 자동판매기 좀 보고 올게."

"뭐 사올까?"

라고.

쇼조는 짧게 아니, 하고 대답하고서 클럽을 쥔다. 자세를 잡고 한차례 스윙하기를 기다렸다가 히와코는 부스를 떠났다.

건물 구조가 단조로운 데다 직선적이라서 그다지 '탐험' 할 거리가 없다는 걸 알았다. 전면에 깔린 회색 융단과, 구석에 자리한 검은 가죽 소파, 소리를 없앤 TV에서는 골프 중계 영상.

1층에 라운지와 매점이 있는 건 들어올 때 봐서 알고 있었지만, 2층에서 내려가면 안 될 것 같은 생각이 들었다. 그러면 너무 멀리 가버리기라도 하는 듯이.

히와코는 쿡쿡 웃음을 터뜨리고 만다. 목적이라도 있는 듯이 발 빠르게 걸으며, 늘어선 부스들 너머로 그물망과 흐린 하늘을 보면서.

어째서일까. 어째서 나는, 멀리 가면 안 된다고 생각하는 걸까. 무엇보다 만약 그렇게 생각한다면, 나는 어째서 '탐험' 하겠다는 따위의 말을 했을까. 골프 연습장 안에 보고 싶을 게 뭐 있다고.

히와코는 검은 가죽 소파에 앉았다. 가죽이 삐걱거리며 히와코의 무게만큼 공기 빠지는 소리가 났다.

L자 형으로 배치된 소파의 다른 한끝에는 먼저 온 손님이 있었다. 나이 쉰 안팎의 남녀로, 두 사람 다 골프웨어로 물샐 틈 없이 몸을 감싸고 있다. 남자는 다리를 쩍 벌린 채 소파 등받이에 짧은 팔을 걸치고 칠칠치 못하게 푹 꺼져들듯 앉아 있다. 여자 쪽은 반대로 유난히 바투 앉아 남자의 허벅다리에 바싹 달라붙어 있었다.

부부일까. 히와코는 생각한다. 남녀는 둘 다 말없이, 그럼에도 눈꼴사나울 정도로 몸을 밀착시킨 채 멍한 표정으로 허공을 바라보고 있다.

그들에게 아무 죄도 없다는 건 알지만, 히와코는 무서운 생각이 들었다. 그것은 지난주에 여자 친구들을 만나 식사하던 날, 바에서 낯선 남자가 와인을 보내왔을 때 느낀 혐오감과 비슷했다. 평소 접할 일 없는 인종. 세상에는 여러 종류의 인간이 존재한다.

당연하잖아. 히와코는 마음속으로 중얼거린다. 그러나 말과는 반대로 다른 인종에 대한 공포와 혐오감은 깊어만 갔다.

쇼조와 결혼하기 전에는 그런 느낌을 받은 적이 없었다. 밤이 아군이었을 무렵에는. 자신도 쇼조도 물론 세상의 일부이자 '여러 종류의 인간' 중 하나였다. 그런데 왜 지금은 다른 것처럼 느껴질까.

―여기서 기다릴 테니까.

화장실 앞에서 쇼조는 그렇게 말했다. 마치 히와코에게는 혼자서 화장실에 갈 능력이 없는 것처럼.

그때 나는 분개했다. 히와코는 주의 깊게 떠올려보려 한다. 하지만 정말로 분개했던 걸까.

나는 쇼짱 이외의 사람들을 죄다 무서워하는지도 모른다.

히와코는 불현듯 그 사실을 깨닫는다. 와인을 보내온 남성이나 골프웨어 차림으로 딱 붙어 있는 두 일행뿐 아니라, 예를 들면 테니스 친구인 후쿠다 씨도, 학창 시절부터 친구인 아케미, 요우코, 치나미도, 시부모나 시누이도, 히와코 자신의 부모조차도―.

쇼조 이외에는 다 무섭다. 그 깨달음에 히와코는 진심으로 경악했다. 경악했지만, 사실이라고 느꼈다. 대체 언제부터 그렇게 되었을까. 모두 내 인생을 구성하는 소중한 사람들이었을 텐데.

분개. 그 말 앞에서 히와코는 쿡쿡 웃고 만다. 어쩌면 이리도 미련퉁이일까. 혼자서 화장실에 갈 능력을 의심받고 자신이 분개했는지 아닌지조차 모르다니.

문득 신선한 감귤류 냄새가 코끝에 흘렀다. 가만 보니, 골프웨어 차림의 여자가 밀감—아마도 뽕깡(오렌지 크기의 단맛이 나는 귤의 한 종류_옮긴이)—에 손톱을 세우고 껍질을 벗기고 있다. 여자는 손은 짤막해도 손톱만은 길게 길렀고, 벗겨지기 시작한 매니큐어가 빛나고 있었다. 히와코는 눈을 떼지 못했다. 이런 데서 뽕깡?

여자는 과실의 하얀 줄기를 정성껏 벗겨, 히와코가 보는 앞에서 한쪽을 남자의 입에 미끄러뜨리듯 넣어주었다. 남자의 색 없는 입술이 우물우물 움직인다.

"맛있어?"

여자가 목소리를 내고, 남자는 그저 고개만 끄덕였다. 여자의 목소리며 말투 모두 히와코가 예상했던 것과 달랐다. 낮고 가슬가슬한 목소리는 여성스러운 몸짓에 어울리지 않게 거칠고, 애교가 있었다.

검은 가죽 소파와 쇼조의 부스는 그 층의 끝과 끝에 위치하고 있다. 히와코는 회색 융단 위를 애써 천천히 걸었다. 아이처럼 뛰어 돌아가서는 안 된다. 쇼조의 모습은 아직 보이지 않지만, 같은 건물 안에 있으니까 괜찮다. 자기 자신에게 그렇게 되뇐다.

부스로 나가니 쇼조가 있었다. 전신주 같은 사람이다. 히와코는 그렇게 생각하며 안도한다. 보고 싶었다고 느꼈다.

작은 탁자 위에 문고본이 놓여 있다. 물이 든 하얀 종이컵도, 비닐을 뜯어 사용한 종이 물수건도.

"다녀왔어."

히와코는 말하고 의자에 앉았다. 흐린 하늘인데도 실내와 비교하면 훨씬 밝다. 차갑고 청결한 바깥 공기.

"어디까지 갔다 온 거야?"

공에서 눈을 떼지 않고 쇼조가 묻는다.

"끝까지. 소파가 있기에 앉아봤어."

자동판매기에는 마땅한 게 없어서 아무것도 안 샀어, 라고 덧붙이고 나서 히와코는 쇼조를 바라본다. 보고 싶었다고 생각한다. 정면으로 눈을 돌리니, 녹색 그물망이 바람을 품고 부풀어 있었다.

"물집 잡혔어."

언짢은 목소리로 쇼조가 말했다. 장갑을 벗고, 벌겋게 땀이 밴 손바닥을 쑥 내민다.

"저런."

히와코는 말했지만, 손을 거두려 하지 않는 쇼조에게 그 이상 뭐라고 말해줘야 좋을지 몰랐다.

"좀 쉬지?"

그렇게 말해본다.

"아니면 그만 끝낼래?"

쇼조는 대답하지 않고, 벗었던 장갑을 도로—상당히 고생스럽게—끼고, 아무 일도 없었다는 듯 다시 공을 치기 시작한다. 무표정하게, 묵묵히.

"가는 길에 슈퍼마켓에 들를까?"

물어보았다.

"저녁 장 보고 싶은데."

쇼조가 아무 대답 않는 거야 늘 있는 일이다. 히와코는 미소 짓고, 문고본을 펼쳤다. 나는 쇼짱의 손에 물집이 생겼다는 걸 알고 있다. 쇼짱이 공을 하나 칠 때마다 웃이니 홋이니 하는 소리를 낸다는 걸 알고 있다. 그건 엄연한 사실이다. 그리고 그리되면, 남편이 무슨 생각을 하고 있는지 전혀 몰라도, 어떤 사람인지 통 짐작 가지 않아도, 아무 상관 없을 듯싶었다.

20분쯤 지났을까.

"히와코."

이름이 불렸을 때, 히와코는 유원지 안에 있었다. 악당이 날뛰고, 레이저 광선이며 머신 건이 사람들을 덮치고, 정의롭게 행동하려는 소수의 사람들이 이리저리 치이면서도 씩씩하게 사태에 맞서고 있는, 미국의 유원지 안에.

"가자."

쇼조는 종이 물수건으로 손을 닦고 있다.

"응."

대답하고 히와코는 책을 덮었지만, 열중하고 있던 탓인지 눈앞의 세계에 위화감이 들었다.

"쇼짱?"

말을 건 이유는 확인하고 싶어서였다. 자신이 지금 실제로 여기에 있고, 쇼조의 눈에 정말로 비치고 있는지. 자신이 진짜 쇼조의 아내가 맞는지. 두 사람이 이제부터 함께 집에 돌아가는 것이 마땅한지 아닌지.

"유쾌해."

몸이 가뿐해서 기쁜 건지, 다시 이리로 돌아올 수 있어서―여전히 쇼조와 부부라는 사실이―기쁜 건지, 히와코 스스로도 판단할 수가 없다.

"저녁은 어떡하지?"

골프 가방에 클럽을 집어넣으면서 쇼조가 물었다.

"슈퍼마켓에 들러 장 보자고 했잖아, 아까."

"아아, 응."

쇼조의 진녹색 골프 가방에는 이름이 적힌 둥근 태그가 매달려 있다.

"뭐 먹고 싶어?"

히와코가 물었다.

"결혼기념일이니까, 뭔가 쇼짱이 좋아하는 걸로 먹자."

히와코는 고개를 갸웃한다. 쇼조 이외의 사람들을 잃어버린 날을, 자신이 미련퉁이가 된 날을, 대체 왜 기념하는지 알 수가 없었다. 다만, 기념하는 편이 좋을 것 같았다.

"물집 잡힌 데가 아파."

골프 가방을 둘러메고 쇼조가 말했다.

"씻고 오는 편이 낫지 않겠어? 균 들어가면 어떡해."

쇼조는 멈춰 서서 히와코를 기다리고 있다.

"앞장서 걸어."

라고 말했다.

"손 안 씻고 올 거야?"

시키는 대로 앞으로 돌아 나서며 다시 한 번 말했지만, 쇼조는 대답하지 않았다. 엘리베이터 버튼을 누르고 말했다.

"배고파. 저녁밥은 어떻게 할 거야?"

히와코는 쿡쿡 웃음을 터뜨리고 만다.

"왜 같은 말만 하는 거야? 쇼짱은 뭘 먹고 싶은데? 좋아하는 걸 만들어주겠다고 했잖아, 아까부터."

엘리베이터 문이 열렸다.

"역시 팔이 둔해졌어."

엘리베이터에 오른 후 쇼조는 말한다.

"아무리 해도 왼쪽으로 기운단 말이야."

혼잣말 같아서 히와코는 입을 다물고 있었다.

"물집 잡힌 데가 아파."

엘리베이터에서 내린 후 쇼조가 다시 말했다. 히와코는 절반 감탄한다. 쇼짱은 나를 '세상'으로부터 지켜주려 하지만, 내가 하는 말은 듣지 않는다. 내 대답은 듣지 않으면서, 그래도 나를 향해 이야기한다.

"어디에 있는 거야?"

놀리는 듯한 어조로 히와코는 물었다.

"난 오늘 유원지에 갔었지만, 이리로 다시 돌아왔어. 당신은 어디에 있는 거야?"

"유원지?"

쇼조가 되묻는다.

"그래. 후쿠다 씨한테 빌린 책 있지? 그게 유원지에 관한 책이야."

흐음, 하고 쇼조는 대답한다.

"책을 빌려주다니, 좋은 사람이네."

히와코는 혼란스럽다. 쇼조 곁에 있으면, 말이 이상해진다.

"좋은 사람이야."

도리 없이 그렇게 대답했다. 금방이라도 비가 내릴 듯한 하늘 아래 히와코와 쇼조는 나란히 건물을 뒤로했다.

족쇄

 야구 티켓이 석 장 생겼다며 같이 가자는 오가와라 아키라를 따라 쇼조는 고라쿠엔 구장에 와 있다. 쇼조, 오가와라 아키라, 그리고 하야시 마유미 세 사람은 저마다 맥주가 담긴 종이컵을 손에 들고, 좁고 딱딱한 좌석에 몸을 움츠리고 앉아 있다. 누가 봐도 퇴근길의 그다지 친하지 않은 세 일행이다.
 프로 야구는 어릴 적부터 좋아했다. 오랜만에 경기장을 찾아 직접 관전하는 것도 나쁘지 않을 듯싶었다. 그러나 쇼조는 아까부터—이제 4회 초인데도 불구하고— 빨리 시합이 끝나면 좋겠다고 생각하고 있었다. 언제나 그렇다. 무언가가 시작되기 전에는 빨리 시작되기를 바라고, 막상 시작되면 빨리 끝나기만을 빈다. 쇼조는 양손을 한데 모아 비빈다. 추위를 견디는 것처럼.
 "왠지 지루한 시합이네요."

오가와라 아키라가 말했다.

"칠 수 있을 것 같은데 말야. 그다지 빠르지가 않아. 커브도 약하고."

쇼조는 애매하게 맞장구를 쳤다. 힘없이 흐늘흐늘한 종이컵 안의 맥주를 한 모금 마셨다.

"처음에 때렸으면 좋았을 텐데요."

오가와라 아키라는 또다시 말한다. 연속 포볼 후에 깨끗이 삼자범퇴당하여 투수의 기를 세워준 게 탈이었다느니 뭐라느니.

쇼조는 듣고 있지 않았다. 듣고 있지 않았지만, 단조로운 시합에 대해서조차 뭔가 이야기하려 드는 오가와라 아키라에게 부러움 비슷한 감정을 느꼈다. 그가 가진 확고함이랄지 무의미함에 대하여—.

쇼조의 가방에는 바나나가 들어 있다. 아침에 아내 히와코가 건네준 것이다. 쇼조는 바나나를 좋아한다. 부부 동반으로 장을 보러 가면 으레 제 손으로 카트에 담을 정도로.

—또?

그때마다 히와코는 우스워한다. 히와코는 바나나를 좋아하지 않는다. 과일답지 않아서, 라고 언젠가 말했었다. 스펀지 같고,

달고, 목이 멘다며.

가방 안의 바나나를 먹을 생각은 없었다. 좌석 아래에 놓아둔 가방의 존재를 장딴지로 확인한다. 거기에 그것이 있다는 사실이 어쩐지 기뻤다.

―가져가?

세 개 내민 바나나를, 쇼조는 한 개만 받아들었다.

―왜? 셋이 가는데 혼자 먹으려고?

히와코는 이상하다는 표정을 지었지만, 다 큰 어른들이 이런 데서 나란히 바나나를 까먹을 수도 없지 않은가.

"부장님은요?"

하야시 마유미가 얼굴을 들여다보며 물었다.

"응?"

"7회까지 보다 자이언츠가 역전 못하면, 출구가 혼잡해지기 전에 나가서 뭐라도 먹으러 가지 않겠느냐고 하는데요, 오가와라 씨가."

"아아, 응, 상관없어."

라고 대답했다. 쇼조는 쓴웃음을 짓는다. 대답하기 무섭게 그라운드의 녹색과 헤어지기가 아쉬워졌기 때문이다.

밤공기는 촉촉이 젖어 있었다. 저녁 무렵까지 내리던 비가 개어 있다.

"기분 좋다."

마유미가 말하며, 접은 우산을 휘휘 돌렸다.

"그런데 그게 말이죠."

오가와라 아키라가 담배에 불을 붙이고 말했다.

"구장은 역시 돔이 아닐 때가 좋았어요. 하늘이 보여서."

그건 쇼조가 전혀 예상하지 못한 말이었다. 하지만 문득 느긋한 기분이 들었다. 느긋하고 유쾌한.

북적이는 사람들 사이를 빠져나온 탓인지, 집중하려 해도 할 수 없었던 야구에서 해방되었기 때문인지, 혹은 단순히 비 갠 밤의 상쾌함 탓인지.

원인은—이날 밤의 일을 나중에 돌이켜 생각해보려 했을 때조차—알 수 없었지만, 발걸음이 가벼워지고 폐 속 깊이 스며드는 공기가 느껴지는 듯했다. 그런 기분은 무척 오랜만이었다.

"좋군."

그래서 그렇게 말했다. 마유미와 오가와라 아키라가 나란히 쇼조의 얼굴을 보는 것으로 보아, 묘한 타이밍에 그 말을 뱉어버린 모양이었다.

"좋으세요?"

우스운 듯 마유미가 말한다. 대답이 궁해 쇼조는 발을 재게 놀린다. 미안한 말이지만 마유미와 오가와라 아키라라는, 딱히 좋지도 싫지도 않은 사람들과 함께 걷고 있다는 사실이 기묘했다. 기묘하고, 어찌 된 영문인지 즐겁게 느껴졌다. 자기 자신이 해방되는 것처럼. 회사 말고는 이십대 사람들을 접할 기회가 쇼조에게는 없다. 달도 별도 보이지 않는 몽롱한 하늘이 세 사람의 머리 위에 펼쳐져 있다.

하야시 마유미는 요즘 아가씨로서는 드물게 물들이지 않은 검은 머리 그대로다. 윤기 있고 풍성한 검은 머리칼을 대충 뒤로 묶고 있다. 단정한 생김새에 옅은 화장, 수수한 디자인의 베이지색 슈트가 잘 어울린다고 쇼조는 생각했다.

오가와라 아키라는 하얀 와이셔츠에 연지색 넥타이, 후줄근한 감색 양복에 뒤축이 닳은 검정 가죽 구두를 신고 있다. 히와코가 보았다면 두 사람 다 '세련되지 못하다'라고 표현하겠지. 쇼조는 그렇게 생각하고서 히죽 웃었다. 그 발상이 쇼조를 더더욱 느긋한 기분에 젖게 한다.

"부장님은요? 고깃집 괜찮으세요?"

마유미의 물음에,

"응?"

하고 되물은 후에야 뭘 물어왔는지 알았다. 말은 언제나 뒤늦게 찾아온다.

"괜찮아."

대답하고 다시 기분이 좋아졌다. 히와코는 고기를 좋아하지 않아서 쇼조는 벌써 몇 년째 고기 구경을 못했다.

그곳은 분위기부터 히와코가 꺼릴 만한 가게였다. 쇼조는 이미 한턱낼 마음을 먹었기에 가격이 싸 보인다는 데에도 안도했다. 천장 벽 할 것 없이 연기와 기름때가 찌들어 있다.

"하지만 그게 보통이에요."

자리를 잡고 앉아, 물수건을 사용하면서 오가와라 아키라가 말한다. 옆에서 마유미가,

"에—?"

하고 불만스러운 목소리를 냈다.

"보통인가요, 그게? 부장님도 댁에서 그러세요?"

작년 가을에 결혼한 마유미가 남편이 된 남자에 대해 이야기

하고 있는 눈치였다.

"그야 사람마다 다르니까."

신중하게 대답했다.

쇼조에게는 대화하는 일이 늘 고역이다. 오늘처럼 기분 좋은 밤에도 그 점은 변함없다. 오가와라 아키라와 하야시 마유미를 상대로 대체 무슨 대화가 가능할는지. 쇼조는 스스로 오가는 대화의 골자를 파악하는 데에 지나치게 숙달되어 있지 않나 생각할 때가 있다. 골자만 파악되면, 굳이 이야기를 듣지 않더라도 적절하게 맞장구치기는 어렵지 않다.

김치, 물김치, 생간. 나온 음식들을 보고 쇼조는 눈썹을 찌푸렸다. 알아서 주문해도 되겠습니까, 하는 오가와라 아키라에게 맡긴 결과, 테이블에는 쇼조가 질색하는 것들만 놓여 있다. 쇼조는 고기를 좋아하지만, 쇼조가 생각하는 고기란 갈비와 우설 소금구이 정도였다.

"외식이라니 행복해. 뒷정리를 안 해도 된다는 것뿐인데 너무 좋아요."

마유미가 얼굴 가득 웃음을 띠며 말하고,

"부럽네. 나는 외식만 한다구."

라며, 이혼 이래 버릇이 된 투덜대는 말투로 오가와라 아키라가 대답한다.
"자이언츠도 지고 말이지."
"자, 한잔들 하지."
쇼조는 피식 웃고 나서 말해보았다. 해방된 기분은 아직 계속되고 있다.
그때 쇼조의 시야에 놀랄 만한 것이 들어왔다. 수북한 흰쌀밥이 세 그릇이다. 여종업원은 그 밥그릇들을 갖가지 고기 접시와 함께 테이블에 놓았다.
"벌써 밥이야?"
그만 묻고 말았다. 들어와서 이제 맥주 한 잔 마시고 있는 참인데? 나는 아직 젓가락도 들지 않았는데?
마유미와 오가와라 아키라가 이상하다는 얼굴로 쇼조를 본다.
"예. 배 안 고프세요?"
되묻는 말에 쇼조는 침묵했다. 불판 위에 고기가 늘어간다. 쇼조는 급속도로 식욕이 떨어지는 것을 느꼈다.
마유미도 오가와라 아키라도 시끄럽게 떠들고 마시고, 그러는 한편 먹고 있다. 맥주와 고기와 밥을 동시에. 그렇다기보다 번갈아가며.

어쩐지 외계인들과 마주 앉아 식사를 하는 듯한 기분이었다. 악의 없는, 인간과 똑같은 외모를 지닌 외계인들과.

"부장님 댁에는 자제분 없으시죠?"

미끈미끈한 생간을 젓가락으로 집어 참기름 같은 것에 찍으면서 마유미가 말했다.

"좋겠다."

라며, 웃는 얼굴로.

"좋겠다니, 하야시 씨네도 아직 없잖아요."

오가와라 아키라가 말참견을 했다. 마침 쇼조가 하고 싶은 말이기도 했다.

"그렇지만요."

마유미는 생간을 입에 넣었다. 쇼조는 눈을 돌린다. 히와코는 생간을 먹을 수 있을까, 생각했다. 구운 고기를 싫어할 정도이니, 아마도 무리일 것이다. 그렇게 결론짓고 왠지 모르게 안도했다.

"하지만 달라요. 우리야 이제 막 결혼했으니까 애가 없는 건 당연하죠. 그게 아니라 부장님 댁처럼 결혼한 지 오래됐으면서 아이 같은 거 없이 둘이서만 일대일로 마주 대할 수 있는 남녀라니, 멋지잖아요."

　기름이 묻어 번들거리는 입술로 마유미는 아직도 무어라 재잘대고 있었다. 불판 위에 꺼멓게 눌어붙은 고기 중 어느 것이 갈비인지 몰라, 쇼조는 손을 뻗다 지쳐버렸다. 도리 없이 우설 구이를 석 장째 집었다. 우설과 구운 김만 먹고 있다.

"흐음, 그런가."

　오가와라 아키라의 목소리가 들리기에 마유미의 이야기가 끝났다는 걸 알았다.

"으음. 글쎄."

　듣고 있었다고 표시할 생각으로 쇼조는 말했다. 아이가 없는 하야시 마유미가, 아이가 없는 남녀를 멋지다고 말하는 건 뭔가 조리에 맞지 않아 보였다. 조리에 안 맞지만, 물론 아무려나 상관없다―.

"사이언츠, 정말로 졌을까."

　미련이 남은 듯 작은 목소리로 말하고, 오가와라 아키라가 휴대전화를 꺼내 스포츠 뉴스를 체크하고 있다.

　쇼조는 석 잔째 맥주를 마시면서, 연기 속에서 학창 시절을 떠올리고 있다. 자신이 오가와라 아키라나 마유미보다 아직 젊었을 무렵, 히와코와도 회사와도 무관하던 시절의 일이다.

친구들과 곧잘 고깃집에 갔다. 쇼조의 기억으로는, 다들 묵묵히 먹었다. 맥주와 고기만 오로지. 한겨울에도 먹다 보면 더워지는지 친구들은 입은 옷을 하나씩 벗었다. 추위를 많이 타는 쇼조가 스웨터 따위를 껴입고 있으면, 땀방울이 맺힌 친구가 놀려대곤 했다.

애인 비슷한 여자가 있었다. 같은 학부 학생으로, 짧은 머리에 무척 마른 몸매였던 것으로 기억한다. 그녀는 쇼조의 친구들과도 두루두루 친하게 지냈다. 여자아이들보다 남자아이들과 더 잘 통한다고 말하기도 했다.

어떤 계기로 사귀게 되었는지 정확히 기억나지는 않는다. 워낙 챙겨주기 좋아하는 여자라, 노상 하숙집에 놀러 와서는 요리를 하거나 밀린 빨래를 처리해주곤 했다. 그러다 보니 가까워지고, 특별한 사이가 되고 나서도 그녀의 태도는 달라지지 않았다. 여전히 다른 남자아이들과도 친하게 지내고, 잘 챙겨주고, 둘만 있기보다 여럿이 어울리는 자리를 좋아했다. 여럿이 있을 때, 그녀는 잘 웃고, 잘 화냈다.

이제 와 생각하면, 그녀의 어디가 좋았는지—생각해보지 않았는지도 모르겠다고 느껴질 만큼—모르겠다. 다만 그녀와 헤어지던 날의 일은 또렷이 기억하고 있다.

—재미없어.

그녀는 그렇게 말했다.

—쇼조랑 있으면 재미가 없어.

대학 2학년 여름이 끝나갈 무렵이었다. 쇼조의 하숙집 방 다다미에 털썩 주저앉아 쇼조를 힐난하고, 아직 천진한 얼굴을 일그러뜨리며 하염없이 울었다.

재미없다는 말 속에 무언가 다른 의미가 있는 것 같았다. 그녀는 분명 말하려 했다. 재미없다든가 재미있다든가 그런 것이 아닌 무언가를. 그러나 쇼조로서는 할 수 있는 일이 없었다.

지금이어도—. 오가와라 아키라가 토해내는 담배 연기를 느끼고, 불쾌한 마음으로 쇼조는 생각한다. 지금이어도, 달리 방도가 없을 것이다.

"부장님은요?"

마유미의 목소리가 났다. 눈으로 되묻자,

"디저트."

라고 말한다.
"아니. 난 이제 됐어."
아직도 들어갈 배들이 있나 생각하면서 대답했지만, 동시에 쇼조는 자신이 아직 공복이라는 사실을 깨달았다. 우설 구이 석장과 구운 김, 거기에 푸성귀만 잔뜩 넣은 샐러드 약간. 이 가게에서 먹은 것이라곤 결국 그게 다였다.

다시 비가 내리고 있었다. 까맣게 젖은 포장도로에 가로등 불빛이 비치고 있다.
"잘 먹었습니다."
두 사람이 저마다 말하며 쇼조에게 고개를 숙였다. JR을 탄다는 두 사람과 헤어져 쇼조는 지하철역으로 향했다. 약하게, 때로는 세게, 우산을 때리는 빗소리와 함께.
고깃집에서 받은 껌을 입에 넣었다. 바지 자락이 젖기 시작한다.
—쇼짱은 우산 받치는 게 서투르네.
언제였던가, 히와코에게 그런 말을 들었다. 양복 어깨가 이렇게 많이 젖는 사람은 처음 봤다고, 히와코는 말한다. 우스운 듯이, 놀랍다는 듯이.

먹은 게 거의 없는데도, 쇼조는 외계인들과의 저녁 식사가 즐거웠다고 느낀다. 두 사람 다 왕성하게 먹어댔고, 그 모습은 자신의 학창 시절을 떠올리게 했다. 학창 시절의 기분을. 야구장을 나왔을 때 느낀 느긋한 기분도 요컨대 그거였는지도 모르겠다고 쇼조는 생각한다. 히와코가 없는 장소에서 갑작스럽게 찾아온 자유.

그 순간 뒤가 켕겼다.

가방 안의 바나나가 존재를 주장하기 시작한다. 개찰구로 이어지는 계단을 내려가면서 쇼조는 우울해지고, 이윽고 화가 났다. 이런 걸 들려 보내니까 나쁜 거다. 히와코는 대체 무슨 생각으로 그러는 건지. 완전히 어린애 소풍 아닌가. 완전히…… 완전히 족쇄 아닌가.

밝은 역 구내는 어중간하게 혼잡했다. 쇼조는 도저히 바나나를 버리지 못한다. 바보 같다는 생각은 들지만, 아무래도 그럴 수가 없다. 가방 안의 바나나가 이제는 히와코 자체인 양 느껴졌다.

"어서 와요."

집에 들어서자, 미소로 맞이한 히와코가 바로 뒤이어 말했다.

"고기 먹었구나."

"껌 씹었는데."

변명처럼 중얼거린 쇼조에게 히와코는 웃으며 얼굴을 갖다 대고 공기 냄새를 맡는다.

"냄새는 머리나 옷에 배는 거야."

집 안은 따뜻하고, 현실적인 모습을 하고 있었다. 다리미대가 나와 있다. 청바지 비슷한 천으로 만들어진 감색 원피스에 물색 카디건을 겹쳐 입은 히와코는 느긋해 보였다. 여태 함께 살아왔는데도, 바깥에서 돌아올 때마다 이곳에 히와코가 있다는 사실에 쇼조는 소소한 만족을 느낀다. 양복을 벗고, 리모컨을 들어 TV를 켰다. 양말을 벗고, 바지를 벗는다.

히와코의 표정이 약간 어두워진 것을 알아챘다.

"음악 듣고 있었는데."

중얼거리며 스테레오의 스위치를 껐다.

"비가 그치질 않네."

라고 말한다. 비가 그친 한순간이 있다는 걸 쇼조는 알고 있지만 입 밖에 내지 않았다.

"야구, 재미있었어?"

옷을 마저 갈아입고 나자 쇼조는 피로를 느꼈다. 피로와 공복을.

"배고파."

그래서 그렇게 말했다. 소파는 쇼조의 몸의 형태에 들어맞게 가라앉았다.

"왜?"

히와코의 목소리다.

"밥, 먹고 왔잖아?"

팔만 들어 TV 채널을 바꿨다. 집 안의 온기와 바깥의 가느다란 빗소리가 졸음을 부른다. 천 위를 다리미가 스치는 소리도.

"차."

희망 사항을 말하자 히와코는 부엌으로 갔다. 쾌적한 집 안에 있으려니, 쇼조는 자신이 마치 바깥에서 부당한 꼴을 당한 듯한 기분이 들었다. 훈김으로 숨이 턱턱 막히는 돔구장도 그렇고, 그다지 맛있지도 않은 고깃집도 그렇고.

건네받은 차가 노란색이었기에, 쇼조는 살짝 낙담했다. 갈색 나는 차를 마시고 싶었던 것이다.

"이거야?"

중얼거리고 그것을 마셨다. 히와코는 다리미질로 돌아간다. 쇼조는 옆에 놓아둔 가방을 끌어당겨 안에서 바나나를 꺼냈다. 껍질이 여기저기 거무스름해지고, 눌려서 일그러진 바나나를.

"오늘 말야, 슬픈 일이 있었어."

히와코가 말했다.

"슬프다고 해도, 내가 슬퍼해야 할 일은 아닌지도 모르겠지만."

껍질을 벗기기 전부터 바나나는 강한 향을 내뿜고 있다.

"요시노 할머니 있지, 돌아가셨대. 지난달에 그랬나 봐. 오늘 알았어. 요즘 안 보인다 싶더라니."

바나나는 푹신한 맛이 났다. 푹신한, 그리운 맛이. 쇼조는 그것을 세 입 만에 먹어치웠다. 흐물흐물해져서가 아니다. 늘 세 입 정도면 없어진다. 차를 다시 한 번 마신다. 노란 차도 나쁘지 않았다. 그리고 역시 바나나는 맛있다고 생각했다.

"쇼짱."

조금이지만 놀라움이 드러난 목소리가 들려 얼굴을 들었다. 다리미대 저편의 히와코와 시선이 마주쳤다.

히와코는 표정을 멈추었다. 놀란 듯 보이기도 하고 겁내고 있는 듯 보이기도 했으나, 이윽고 쿡쿡 웃기 시작한다. 쿡쿡 웃으며 말했다.

"하여간에 쇼짱은, 우스워."

곰과 모차르트

비가 내리고 있다. 히와코는 가게 앞에 화분을 한가득 늘어놓고, 그 위로 비닐 덮개를 쳤다. 히오키 유이치와 둘이서. 쌀쌀한 날이다. 공기에 나무 냄새가 섞여 기분은 좋지만.

비닐 덮개는 처마 밑에 댄 기둥에 한쪽을 고정시켜 텐트처럼 비스듬하게 치고, 다른 한쪽 끝을 끈으로 말뚝에 매어놓는다. 약간의 힘과 더불어 요령이 필요한 작업이다.

"정말 고마워요."

본래 히와코의 일이라서, 도와준 유이치에게 감사의 인사를 했다.

"천만에요."

유이치는 대답한다. 비 오는 날에는 유이치의 목소리가 평소보다 차분하게 울려서 듣기 좋다고 히와코는 생각했다.

사무실에서 팔과 머리의 물기를 닦고 난 후, 히와코는 커피를 마시고 유이치는 담배를 피운다. 영업 개시 전 미팅이 이 자리에서 곧 시작된다. 히와코는 대개 커피에 아무것도 넣지 않고 마시지만, 비에 젖어 으스스하니 한기가 도는 탓인지 단것이 당겨 분말 크림을 넣었다. 소복하니 스푼 하나 가득.

"요시노 할머니 돌아가신 거, 히와코 씨 아세요?"

유이치가 말하고, 얼굴을 든 히와코가 대답하기보다 앞서,

"고양이들은 어찌 되었을까 하고, 기무라 씨랑 다른 사람들이 걱정하던데요."

라고 말을 잇는다.

"벌써 한 달쯤 전이라나 봐요, 돌아가신 건."

"그래요?"

라고 대답했지만, 실은 지금 자신이 뭔가 다른 말을 하려던 듯한 느낌이 들었다. 그런 느낌이 들었지만, 그게 뭔지 몰라서,

"몰랐어요."

하고 대답했다.

대화는 그뿐이었다. 미팅이 시작되고, 히와코는 분말 크림이 든 커피를 홀짝이며 전달 사항을 들었다.

요시노 할머니는 이 가게의 고객이고, 파란 실버카를 밀며—민다기보다 거의 매달리다시피 하여—, 느릿느릿 걸어 들어왔다. 짧게 자른 머리는 죄 헝클어지고, 화난 듯한 표정을 지을 때가 대부분이지만, 히와코를 보면 얼굴이 환하게 밝아졌다.

—아아, 다행이다. 있구나 있어.

그리고 그렇게 말했다. 실버카 뚜껑을 열고, 덥다느니 춥다느니 한바탕 푸념을 하고 나서 고양이용 모래와 캣푸드 통조림을 사가곤 했다.

혼자 사는 것 같다는 정도밖에 히와코는 알지 못했다. 어딘가에 가족이 있는지 어떤지, 있다면 사이가 좋은지 나쁜지. 요시노 아무개라는 이름만 해도, 회원 카드에서 보아 알고 있을 뿐이다.

—요즘 안 보이시네.

얼마 전에 점원들끼리 그런 이야기를 나누었다. 무슨 일 있나, 라느니 연세가 있으니 무슨 일이 있대도 이상할 건 없지만, 의외로 해외여행이라도 가셨을지 모르겠다면서.

그 뒤로 쭉 잊고 있었다. 오늘만 해도. 골판지 상자를 열고 매입 전표와 물품을 대조해보면서 히와코는 생각한다. 오늘만 해도, 때마침 유이치에게 그 이야기를 듣지 못했다면, 요시노 할머니 생각은 떠올리지도 않았으리라.

돌아가신 건가.

'죽고 없다'라는 말을, 히와코는 마음속으로 중얼거린다. 단순히, 이 세상에서 없어진다는 것. 언젠가 그런 날이 오겠지. 나에게도, 쇼짱에게도.

날이 저물고 일을 마칠 무렵이 되어도 비는 계속 내렸다. 하늘은 어둡고 아침보다 더 쌀쌀해졌지만, 묘하게 활력에 찬 히와코는 거의 들뜬 기분으로 집을 향했다.

비정하단 생각은 들었지만, 자신이 지금 살아 있다는 사실이 기뻤다. 비에 젖어 까맣게 빛나는 포장도로도, 우산을 때리는 비가 주는 손맛도, 번져 보이는 신호등의 녹색도, 모두 그런 사실의 증인처럼 느껴진다. 편의점의 불빛도, 건축 중인 집도, 테니스 코트도.

쇼조는 드물게 늦을 거라고 했다. 회사 동료와 야구 경기를 보러 간다며. 휘황하게 밝은 맨션 입구에서 우편물을 거두며, 하자고 마음만 먹고 있던 욕실의 곰팡이 제거를 오늘 밤이라면 할 수 있겠다고 생각하니 신이 난다.

히와코는 현관문을 열고 들어서는 순간이 늘 좋다. 돌아왔구나, 라는 생각이 든다. 쇼조가 없는 집 안은 휑하고 살풍경하지만, 동시에 그립고 고요하다.

─그렇게 싫으면 거절하면 될 텐데.

오늘 아침, 히와코는 쇼조에게 말했다. 매사 귀찮아하기 일쑤인 쇼조가 우울한 듯 한숨을 쉬며 귀찮다느니, 요즘 프로야구는 재미가 없다느니, 자기들끼리 가면 될 텐데, 하는 말을 늘어놓는 통에 진저리가 났던 것이다.

쇼조는 뚱하니 입을 다물어버렸다. 히와코는 금세 미안한 마음이 든다. 쇼조에게 정론을 내뱉으면, 바람직한 역할을 일탈해버린 것 같아 서글퍼진다.

─재미있네.

히와코는 말했다. 쇼조는 가령, 직장 일에 대해 힘들다느니 싫다느니 하는 말을 흘린 적은 없다. 술자리나 여행, 골프, 야구 같은 여가에 속하는 일에 대해서만 새삼스레 난색을 표한다.

즐기는 데 서툴러서 그런지도 몰라.

고무장갑을 끼고 욕실 벽에 곰팡이 제거액을 뿜어대면서 히와코는 생각한다. 아니면 즐겁게 하는 것에 서투르던가.

—즐겁게 해.

갓 결혼했을 무렵, 그런 말로 쇼조를 난감하게 만들었던 일을 떠올린다.

—만약 즐겁다면, 즐겁게 해.

욕실의 타일은 딱딱하고 차갑다. 창도 문도 활짝 열려 있어서 바람이 불어들어 춥다. 그 추위가 히와코는 기분 좋았다.

저녁은 간단하게 때웠다. 얼려놓은 꽃만두, 피망과 다시마 무침, 그리고 오차즈케(녹차에 밥을 말아 먹는 것_옮긴이). 히와코는 요리하는 게 싫지는 않지만, 혼자 있을 때는 그럴 맘이 생기지 않는다. 게다가……. 먹다 만 오차즈케에 흰깨를 더 넣으면서 히와코는 생각한다. 게다가 오늘 저녁은 세 가지 반찬 모두 무척 맛있다. 나는 이런 식단을 좋아하는지도 모른다.

5분도 안 걸려 설거지를 마치고, 욕실의 곰팡이 제거액을 물로 씻어낸 히와코는 남는 시간을 주체하지 못했다. 쇼조가 없으면 이 집은 정말로 조용하다. 다림질을 하기로 결정하고 사물함에서 도구를 꺼냈다. CD 플레이어에 모차르트의 곡을 건다.

혼자 사는 사람들은 다들 밤을 어떻게 보내고 있을까, 하고 생각한다. 가령 요시노 할머니는 매일 밤 혼자서 요리 같은 것을 하며 보냈을까. 고양이가 많이 있는 것 같던데 고양이들과 보냈을지도 모른다. 이름을 지어주고, 바라보기도 하고, 말을 붙여보기도 했을까.

아무것도 모르는데―.

세탁이 끝난 옷가지를 바구니째 거실에 들여놓고, 히와코는 방금 전에 품은 감정을 뿌리치려 했다. 아무것도 모르면서 동정하다니, 굉장한 실례다.

그러나 그 감정은 집요하게 달라붙어 떨어지지 않는다. 히와코의 가슴, 살갗 안쪽 언저리에. 쇼조가 없는 자신. 히와코로서는 상상도 할 수 없다.

나는 쇼짱이 그리 좋은 걸까.

불가사의한, 허공을 붙잡는 듯한 불안감에 히와코는 고민한다. 고민해도, 부정할 실마리도 긍정할 실마리도 하나 발견되지 않는다.

―무서울 정도야. 그 사람 몸에 숨은 정열뿐 아니라 내 몸이 그렇다는 데에도 놀란다니까.

둘이서 술을 마시던 중 친구인 아케미―그녀는 같은 회사에

다니는 남성과 벌써 몇 년째 열애 중이다—가 했던 말이 문득 떠올랐다.

쇼짱에 대해 그런 기분이 들었던 적이, 나에게는 한 번이라도 있었을까. 그리고 난 그날 분명히, 아케미에게 동정심을 갖지 않았던가.

모차르트의 곡은 브렌델의 피아노 연주를 매개로 경쾌하게 되살아나고, 스테레오를 통해 방 안을 채우고 있다. 조심스럽게, 끊김 없이.

히와코는 모차르트를 좋아한다. 듣고 있노라면 무심코 흥얼거림이 나온다. 힘차고 밝게, 힘차고 밝게. 음악은 멈춰둘 수 없다는 점이 멋지다고 히와코는 생각한다. 소리가 차례차례 나타났다가는 차례차례 사라져간다. 힘차고 밝게, 힘차고 밝게.

와이셔츠, 티셔츠, 잠옷, 손수건. 흥얼거리면서 다림질을 하고 있는 사이 히와코는 유쾌해졌다. 자신이 지금 여기에 있다는 것, 그것을 선택했다는 것, 그리고 언제든 그만둘 수 있다는 것. 그런 식으로 생각한다. 느긋하고 자유로운 기분. 두려울 것 하나 없는 듯한.

"멈춰둘 수 없어."

소리 내어 말해본다. 사람의 생명도, 정열적인 연애도.

귀가한 쇼조는 비 오는 바깥 공기의 냄새와 고기 냄새를 온몸으로 발산하고 있었다.
"고기 먹었구나."
히와코는 그렇게 말했다. 익히 알고 있으면서도, 좁은 현관에선 쇼조의 몸이 크다는 것에 히와코는 매번 놀란다. 양복 어깨가 흠뻑 젖어 있다.
"껌 씹었는데."
변명처럼 중얼거린 쇼조에게 히와코는 웃으며 얼굴을 가까이 댔다.
"냄새는 머리나 옷에 배는 거야."
구두를 벗고 올라와 거실로 향하는 쇼조의 발자국이 복도에 또렷이 생겨난 것에 히와코는 또 한 번 놀란다. 신발을 신고 있었는데도 어쩜 이 사람은 양말까지 다 젖을 수가 있담. 폭풍우도 아닌데.

띠릭, 하는 익히 아는 소리가 나고, TV에서 시끌벅적한 웃음소리-사람들의 이야기 소리-음악-다시 웃음소리-환성-이 흐른다. 쇼조는 환성이 흐르는 방송을 켜둘 생각인 모양이었다.

"음악 듣고 있었는데."

무심코 그렇게 말했다. 이 사람은 한순간에 집안 분위기를 싹 바꿔버린다. 우악스레. 히와코는 자신이 그런 변화를 두려워하는지 고대하고 있었는지 판단이 서질 않는다. 느닷없이 곰 한 마리가 들어와 버린 듯한 위화감이, 고통인지 행복인지.

"비가 그치질 않네."

우선 스테레오의 스위치를 끄고 그렇게 말했다.

"야구, 재미있었어?"

물었지만, 쇼조는 대답이 없다. 소파에 털썩 누웠다는 걸 알았다.

정말이지, 동화 속에 나오는 곰 같아. 히와코는 생각한다. 아무 말 않지만, 나쁜 짓도 하지 않는다. 나쁜 역할은 통념상 늑대나 여우가 맡는다. 히와코는 다림질 작업으로 돌아갔다. 히와코의 귀 안에만 남아 있는 모차르트의 선율을 마음속으로 흥얼거린다.

"배고파."

언짢아하는 쇼조의 말소리가 들렸다.

"왜? 밥, 먹고 왔잖아?"

쇼조는 대답하지 않는다. 대답 대신,

"차."

라고 말한다. 히와코는 거의 탄복하고 만다. 어째서일까. 대체 어째서 이 사람은 이런 대화가 가능할까.

주전자에 물을 받아 불에 올리고, 찻주전자에 현미차 잎을 넣는다. 진녹색의 직선 모양을 띤 잎사귀.

"오차즈케로 할래?"

배고파, 에 대한 대답 삼아 히와코는 그렇게 물어보았다.

"차."

쇼조는 그 말만 반복했다.

"향 좋다."

자기가 마실 건 아니었지만, 히와코는 피어오르는 훈기에 무심코 넋을 잃고 말했다. 떠들썩해진다. 그리고 그렇게 생각한다. 온갖 소리, 온갖 냄새. 쇼짱이 돌아오면, 이곳은 갑자기 떠들썩해진다. 그건 기쁜 일이라고 히와코는 생각한다.

"이거야?"

히와코가 가져다준 차를 보고, 쇼조는 실망한 듯 중얼거린다.

"이거라니?"

호우지차가 나왔을까. 홍차를 타 올 수도 있었다. 히와코는 질색하지만, 쇼조는 애플티도 좋아한다.

물어도 대답이 없기에 히와코는 다림질 작업으로 돌아갔다. 모차르트의 선율은 이미 귓속에서도 떠난 지 오래인 듯했다.

이 일을 얼른 마무리 짓고 욕조에 더운 물을 받아야지 생각한다. 젖은 양말을 신고 돌아다녔을 쇼조를 그대로 재우고 싶지는 않았다. 그런 건 비위생적이다.

목욕을 막 마치고 나온 쇼조에게선 늘 좋은 냄새가 난다. 히와코가 쓰는 것과는 다른, 쇼조가 총각 때부터 애용해온 흔한 바디 샴푸 냄새다. 처음에 히와코는 그 향이 너무 진해서 싫었는데, 어느새부터인가 좋아졌다. 갓 목욕하고 나온 쇼조의 냄새. 몸을 꼼꼼히 닦지 않아 여기저기에 물방울을 뚝뚝 흘리는 데다 젖은 수건을 이불 속에 방치하는 안 좋은 버릇이 있지만, 몸이 찬 자신과 달리 닿으면 기묘하리만치 따스한 쇼조의 몸에 딱 붙어 자는 것이 히와코는 좋다.

"오늘 말야, 슬픈 일이 있었어."

손수건을 펼치며 히와코는 말했다.

"슬프다고 해도, 내가 슬퍼해야 할 일은 아닌지도 모르겠지만."

쇼조는 응, 하고 대답했다.

"요시노 할머니 있지, 돌아가셨대. 지난달에 그랬나 봐. 오늘 알았어."

쇼조는 그녀를 본 적도 없고, 단지 히와코에게 들어 알 뿐인, 고양이를 좋아하는 노파의 죽음에 이렇다 할 흥미를 갖지 않으리라는 걸 알고는 있었다. 알고는 있지만, 히와코는 쇼조에게 전하고 싶었다. 그녀가 이제 없다는 것, 그 소식을 듣고 자신이 느낀 것, 길거리와 비와 신호등, 그것들은 모두 요시노 할머니가 떠난 후의 세계라는 것. 그 세계에 히와코 자신도 쇼조도 있다는 것. 그러니까 요시노 할머니는 할 수 없는 일도 자신과 쇼조는 할 수 있다는 것. 엄연히 살아 있고, 따스한 쇼조의 몸이 같은 방 안에 있어서 기쁘다는 것.

"요즘 안 보인다 싶더라니."

시선을 들어보니, 쇼조는 바나나를 먹고 있었다. 소파에서 일어나 앉아, 고개를 숙이고 우물우물.

—가져가?

야구 경기를 보러 가는 일이 썩 내키지 않아 보이는 쇼조에게 그렇게 말하며 오늘 아침 그것을 건네준 일이 생각났다.

그건 그렇다 치고 이 사람은 왜 지금 여기서, 그걸 먹고 있는 걸까. 히와코의 눈에 껍질이 거무스름한 그 바나나는 정말이지 맛없어 보였다. 쇼조는 눈 깜짝할 새에 바나나를 다 먹어치우고, 아직 입을 우물거리며 차를 마시고, 껍질을 바닥에 버렸다.

"쇼짱."

히와코는 무심결에 숨을 들이마시고 나서 말했다. 나무랄 생각이었는데, 놀란 목소리가 나왔다.

다리미대 너머로 이상하다는 듯한 표정의 쇼조와 눈이 마주쳤다. 회색 트레이닝복 차림의, 커다랗고 말이 통하지 않는, 따스한—.

히와코는 쿡쿡 웃기 시작한다.

"하여간에 쇼짱은, 우스워."

쿡쿡 웃으면서, 히와코는 자신이 또다시 진심으로 놀라고 있다는 사실에 놀란다. 나는 시간이 아무리 지나도 쇼짱에게 익숙해지지 않는다. 그런 사실이 유쾌하게 느껴졌다. 유쾌하고 행복한, 슬프고 홀가분한 일로.

충동적으로 다리미대를 돌아가서, 쇼조의 뺨에 입을 맞췄다.

그런 다음 몸을 굽혀 바나나 껍질을 주워 쓰레기통에 버린다. 쇼조의 뺨은 의외로 선뜩하니 차갑고, 고기와 술과 바나나가 뒤섞인 냄새가 났다.

역자 후기

결혼반지를 낄 때면, 히와코는 늘 이상한 기분이 든다. 쇼조와 연애를 했다는 사실은 기억하고 있는데, 대체 어떤 식으로 했는지 통 생각이 나질 않는다.

연애는 이상이며 결혼은 현실이란 말을 곧잘 듣곤 한다. 열정과 낭만만으로도 유지되는 것이 연애였다면, 결혼은 보다 많은 책임과 인내가 따르는 현실 그 자체이기 때문이다. 신혼의 단꿈에 젖을 새도 없이 꿈과 현실의 괴리감을 이겨내지 못해 갈등하고 원망하고 후회하고, 결혼과 동시에 맞닥뜨리는 갖가지 불협화음과 부조화 속에서 힘들어하고 한숨짓는 부부들이 숱하게 많지 않은가. 모든 갈등이 나와 다른 '차이'에서 비롯되는 것임을 알면서도 많은 부부들이 그 차이를 인정하지 못하고 삐거덕대느라 아까운 세월만 보내고 있는 것이다. 부부 일심동체라는 말이 무색하게 두 사람이 결코 하나가 될 수 없음을 확인하는 과정의 연속인 것이다. 그나마 티격태격하던 때가 좋았지 하는 이야기가 나올 때 즈음이면 좋은 남편, 좋은 아내로 살겠다던 맹세는 어느덧 사라지고, 결혼 생활이 그저 하루하루 견뎌내야만 하는 것으로 변질되어 있으니 서글픈 일이 아닐 수 없다. 결혼은 해야 하되 누구나 행복할 수 없는 것이 바로 이런 이유들 때문은 아닐는지.

> 나는 쇼짱이 있을 때보다 없을 때 더 그를 좋아하는 것 같다. 그것은 발견이었다. 스스로도 믿기 어려운, 그리고 털끝만큼도 의심할 여지없는.

결혼 10년 차, 남편은 아내를 '세상'으로부터 지켜주려 하지만, 아내가 하는 말은 듣지 않는다. 아내의 대답은 듣지 않으면서도 아내를 향해 이야기한다.
남편과 함께 있으면서 혼자인 듯 고독을 느끼고, 그럼에도 함께 있지 않으면 어쩐지 불안함을 느끼는 아내. 체념과 동시에 웃는 습관이 몸에 배어버린 아내. 10년이라는 세월이 지났음에도 여전히 반복되는 부부 사이의 미묘한 엇갈림, 고독과 체념이 아내의 맥없는 웃음 속에 깃들어 있다. 하지만 아내는 남편이 착한 사람이며 자신을 소중히 여겨준다는 것을 알고 있기에 차마 '진실'을 입 밖에 내지 못하고 조용히 웃고 만다. 진실에 다가가 변화를 꾀하기에 앞서 익숙함이 가져다주는 기묘한 안도감을 던져버리기 어려운 것이다. 그러나 익숙함이 모든 갈증을 해결해주지는 않는다. 비단 부부사이에서뿐 아니라, 인간관계에서도 공감과 소통이 없으면 언젠가는 탈이 나기 마련이다.

평생 내편이어야 할 사람이 정작 내 말에 귀기울여주지 않는다면, 나 자신을 제대로 바라봐 주지 않는다면, 서운함을 넘어 혼자일 때보다 더한 외로움을 느낄 수밖에 없다. 어느 한쪽이 행복하지 않다면 둘 다 불행한 것 아닐까. 사람과 사람이 관계를 맺는 것도, 사람과 사람의 관계가 망가지는 것도 너무나 사소한 것들에 의해서다. 좋은 남편, 좋은 아내가 따로 있는 건 아닐 터. 외로운 마음은 풍요롭게, 고단한 마음은 편히 내려놓을 수 있는 안식처 같은 아내 혹은 남편이 되기 위해선, 서로가 습관처럼 외면

해온 것들을 제대로 마주하고 함께 행복해질 수 있는 공감대를 찾아내는 노력이 필요하다. 결혼이라는 삶의 파도를 함께 넘는 동반자로서의 뒷심을 발휘하여.

   결혼의 성공은 적당한 짝을 찾는 데 있기보다는 적당한 짝이 되는 데 있다는 말을 한번쯤 되새겨볼 때이다.

2010년, 새봄을 기다리며
신유희